신기용 문학평론집

출처의 윤리

문학 표절의 성찰과 비평

출처의 윤리

문학 표절의 성찰과 비평

초판 1쇄 인쇄 2015년 6월 15일
초판 1쇄 발행 2015년 6월 25일
지은이 신기용
펴낸이 이방원
편　집 윤원진 · 김민균 · 김명희 · 안효희 · 강윤경
디자인 박선옥 · 손경화
마케팅 최성수
펴낸곳 세창출판사
출판신고 1990년 10월 8일 제300-1990-63호
주소 120-050 서울시 서대문구 경기대로 88 냉천빌딩 4층
전화 723-8660
팩스 720-4579
이메일 sc1992@empal.com
홈페이지 http://www.sechangpub.co.kr

ISBN 978-89-5586-250-8 03800

_ 책 값은 뒤표지에 있습니다.

이 도서의 국립중앙도서관 출판시도서목록(CIP)은 서지정보유통지원시스템 홈페이지(http://seoji.nl.go.kr)와 국가자료공동목록시스템(http://www.nl.go.kr/kolisnet)에서 이용하실 수 있습니다. (CIP제어번호: CIP2015016034)

신기용
문학평론집

출처의 윤리

문학 표절의 성찰과 비평

세창미디어

_ 책을 내면서

'표절 행위에 대해 나 하나가 따따부따해 보았자, 근절될 일은 아니다. 그렇다고 그냥 넘어갈 일도 아니다.' 간혹 이런 생각을 해 보곤 했다. 그래서 몇 년 전부터 표절 관련 글을 준비했다. 2011년과 2012년도에는 시집을 읽을 때면, 표절 그림자가 짙게 드리워진 시편이 간혹 눈에 들어왔다. 그럴 때마다 평론가로서의 책무를 되새겨 보았다. 이 땅에서 일어난 표절에 대해 정리해 보는 것도 가치 있을 것 같았다.

한편으로는 『명심보감』 '정기편'의 "귀로 남의 그릇됨을 듣지 않고, 눈으로 남의 단점을 보지 않고, 입으로 남의 허물을 말하지 않아야 거의 군자에 가깝다.(耳不聞人之非하고 目不視人之短하고 口不言人之過라야 庶幾君子이니라.)"라는 말이 생각나 덮어 두고 싶기도 했다.

그러나 『명심보감』 '성심편'의 "공자께서 이르기를 밝은 거울은 얼굴을 살펴보는 수단이고, 지난 일은 지금을 아는 수단이다.(子曰 明鏡은 所以察形이오 往者는 所以知今이니라.)"라는 말을 외면할 수 없었다. 많은 독자가 표절에 관한 지난 사례를 통해 지금의 거울로 삼을 수만 있다면, 그 또한 아름다운 일이라 생각했다.

이번 평론집을 정리하면서 표절 시비에 휘말린 모든 작품을 언급하는 것은 너무 산만하게 느껴져, 필요하다고 여겨지는 일부 사례만 실었다. 그중에는 이미 명확하게 결론이 난 사례와 표절 의혹 단계에서 뚜렷한 결론 없이 흐지부지 논의가 끝난 사례도 있었다. 그래서 이미 논의가 끝난 문제를 다시 들추는 것은 바람직하지 않다는 결론에 도달했다. 따라서 그런 경우 당시의 주장이나 기사를 근거로 하여 누구나 참고할 수 있는 수준에서 글을 엮었다.

또한, 표절한 작품을 새롭게 인지했음에도 밝히지 않는다면 독자를 기만하는 것이라 여겨졌다. 그래서 표절 의혹 작품에 대한 비평을 발표하기도 했다. 이 평론집에서는 '표절'에 관한 글을 중심으로 엮었기 때문에 일부 강조의 뜻에서 중복된 표현과 문구가 군데군데 있지만, 일부러 삭제하거나 대체하는 것보다 더 자연스러울 수 있어 그대로 살렸다.

이번 평론집의 일부 글은 신문기사와 인터넷 글을 참고하였다. 인터넷에 떠돌아다니는 글은 원전과 인용의 경계가 불분명한 경우가 많아 이를 추적하는 데 한계가 있었다. 추적 가능했던 글은 인용 출처를 각주나 문장 안에 명기하였다. 추적 불가능한 글은 참고 자료로만 활용했지만, 자료를 정리하는 데 직·간접적으로 영향을 받은 것은 사실이다. 이번 글에서 인용 출처를 밝히지 않은 단순 오류가 만일 차후에라도 발견된다면 당연히 보완해야 할 과제이다.

제1평론집 『응축의 시학과 비평』, 제2평론집 『비평의 수평과 지평』, 제3평론집 『문학적 상상력과 성찰의 지평』에서는 누구나 읽을 수 있게 어려운 문장이나 용어를 배제하는 등 나름대로 노력하였으나, 그래도 평론이라 이해하기 어려웠다는 의견도 있었다. 이번에는 주요 용어 해설을 포함하고, 취재 형식을 취하면서 사례 위주로 서너 쪽 남짓 짧게 편집하는 등 더 쉽게 읽을 수 있도록 노력했다. 어찌 보면 '평론집'이라고 말하기보다는 표절 시비에 관한 '기사 모음집'이라 여겨도 괜찮을 것 같다. 누구나 읽을 수 있는 평론집은 실현 가능한 일임을 알고 있기에 끊임없이 연구할 것이다.

이번 제4평론집 『출처의 윤리』를 출판하는 데 배려를 아끼지 않으신 모든 분에게 감사의 마음을 전한다.

2015년, 문학의 주변 부산에서

신기용

신기용 문학평론집

차례

2장 표절 사례와 표절 의혹 사례

일러두기

1. 언론사와 출판사마다 문장 부호와 띄어쓰기를 달리 적용하고 있어 읽기 용이하도록 통일이 필요했다. 이 글에서는 인용 원문을 훼손하지 않고 그대로 살리면서도 문장 부호와 띄어쓰기는 통일하였다.
2. 문장 부호
   〔 〕신문명, 신문사/방송사, 인터넷 언론사/포털 사이트 등
   〈 〉노래, 방송 프로그램, 연극 제목 등
   《 》문예지 · 잡지 · 출판사명, 사전, 고전 등
   「 」시 · 소설 등 문학 작품명
   『 』단행본, 책 제목
   ' ' 간접 인용, 강조, 독백, 기사/기고문 제목 등
   " " 직접 인용, 대화 등
3. 용어에 대한 출처는 독자들이 쉽게 찾아볼 수 있는 인터넷 포털 사이트 백과사전의 글을 일부 인용했다. 독자가 구해 볼 수도 없는 이론서의 글을 인용한다면 그 출처를 찾아볼 길이 없기 때문이다.
4. 언론 기사 일자가 다를 수 있다. 일부는 지면 기사를, 일부는 인터넷판 기사를 참조하였기 때문이다.
5. 윤리적 강조를 위해 인용한 『명심보감』 구절은 '박일봉 역, 『명심보감』(육문사, 1984)'을 참조하였다.

신기용
문학평론집

프롤로그

일그러진 창작, 표절을 말하다*

* 이 글은 《호서문학》(2012, 겨울호)에 실린 글을 일부 수정했음을 밝힌다.

1. 표절의 개념

'표절(剽竊, plagiarism)'이란 무엇인가? 《표준국어대사전》에 "시나 글, 노래 따위를 지을 때에 남의 작품의 일부를 몰래 따다 씀."이라고 정의하고 있다. 이 정의의 핵심은 '몰래 따다 씀'이다. 달리 말하면 '훔쳐 씀'이라는 뜻이다. 한자 '표(剽)'는 '훔치다', '절(竊)'은 '몰래', '훔치다', '도둑', '도둑질'이라는 뜻을 내포하고 있다. 따라서 표절은 '남의 작품을 허락 없이 몰래 도둑처럼 훔쳐 쓰는 행위'를 일컫는 말이다.

《네이버 지식백과》에서는 "다른 사람의 학설(ideas) 또는 논문·문학작품·사진 등의 저작물을 그 본제창자(originator)나 저작권자의 양지(諒知)나 허락 없이 몰래 가져다가 자신의 것인 양 발표하는 행위. 도작(盜作)과 비슷한 말이다. 이는 도의적으로도 정당치 못할 뿐 아니라, 다른 사람의 저작권을 침해하는 행위이다. 따라서 이러한 행위를 한 사람은 도덕적 지탄을 받게 되기도 하지만, 또한 저작권법 등에 의한 처벌을 받게 된다."라고 기술하고 있다.

그 대표적 예로 1992년 미국 사법부에서는 "한 사진작가의 사진으로부터 이미지를 직접 차용해 자신의 조각품을 제작한 '제프 쿤스'에 대해 명백한 저작권 침해라는 평결"(1992.7.14. [연합뉴스])을 내렸다. 어떤 측면에서 보면 '변용'일 수 있지만, 출처를 밝히지 않았고, 양해를 구하지 않았다는 것이 문제의 핵심이다.

그렇다면 표절이 글만 훔치는 행위일까? 글이란 작가의 영혼을 담아내는 창작 행위이다. 남의 글을 훔친다는 것은 남의 영혼을 훔치는 행위라고 말할 수 있다. 그나마 자신의 영혼을 팔아 버리는 '대필'보다는 나은 행위일 수도 있겠다. 하지만 표절 행위는 인류 보편적 양심에 어긋나는 행위임이 분명하다. 이 같은 비윤리적 행위는 지탄받아야 마땅하다.

2. 왜 표절이 문제인가

현대인은 법적 권리를 중시한다. 문학 작품에 '저작권'이라는 법적 권리가 있다. 그 반면에 '표현의 자유'라는 법적 권리와 인권적 권리도 존재한다. 이 두 놈이 늘 사이좋게 붙어 다니면 좋을 텐데, 때로는 다투기도 한다. 그래서 '표절'이라는 놈이 '문제아'가 되는 것이다.

이들은 서로 사이좋게 조화를 이룰 수는 없을까? 그래서 법을 준수하면서도 창작성을 인정받을 수 있는 '패스티시(pastiche)'와 '패러디(parody)'라는 두 놈이 창작물로 인정받기도 한다. 물론 사전 양해를 구하거나 인용 출처를 밝히는 등 법적 절차에 하자가 없다는 전제하에서의 말이다. 이 두 놈은 '표현의 자유'와 밀접한 관련이 있어 창작자에게는 매우 달콤한 사랑을 받기도 한다. 창작 기법이라는 이유만으로도 그 나름의 타당성을 지니고 있기 때문이다.

현행 저작권법(법률 제11110호, 2011.12.2. 일부개정, 시행 2012.3.15.) 제28조(공표된 저작물의 인용)와 제37조(출처의 명시)의 '공정한 관행'과 '출처 명시'라는 것을 엄격하게 지킨다면 문제가 없다. 그러나 느슨한 태도를 보인다면 위험한 지뢰지대가 될 수도 있다. 이는 창작자가 늘 명심해야 하는 문제이다. 현행 저작권법을 읽어 본다.

- 제28조(공표된 저작물의 인용) 공표된 저작물은 보도·비평·교육·연구 등을 위하여는 정당한 범위 안에서 공정한 관행에 합치되게 이를 인용할 수 있다.
- 제37조(출처의 명시) ① 이 관에 따라 저작물을 이용하는 자는 그 출처를 명시하여야 한다. 다만, 제26조, 제29조부터 제32조까지, 제34조 및 제35조의2의 경우에는 그러하지 아니하다.[01] 〈개정 2011.12.2.〉
- ② 출처의 명시는 저작물의 이용 상황에 따라 합리적이라고 인정되는 방법으로 하여야 하며, 저작자의 실명 또는 이명이 표시된 저작물인 경우에는 그 실명 또는 이명을 명시하여야 한다.

01 제26조(학교교육 목적 등에의 이용), 제29조(영리를 목적으로 하지 아니하는 공연·방송), 제30조(사적 이용을 위한 복제), 제31조(도서관 등에서의 복제 등), 제32조(시험문제로서의 복제), 제34조(방송사업자의 일시적 녹음·녹화), 제35조의2(저작물 이용 과정에서의 일시적 복제).

위의 현행 저작권법 조문은 1992년도의 저작권법 내용과 유사하므로 이를 참고하면서 류창석 기자의 '한승헌 씨, 혼성모방은 저작권 침해 주장'이라는 기사(1992.7.14. [연합뉴스])에 주목해 본다. 저작권심의조정위원회 출판분과위원이었던 한승헌 변호사가 "남의 글을 드러나지 않게 '차용'하는 것은 문학상의 무슨 기법이나 핑계로서도 허용되지 않는 저작권 침해"라고 《책과 인생》 7월호(1992) '포스트모더니즘과 저작권'이란 글에서 주장했음을 전했다.

또한, 이 기사를 보면 한 변호사는 포스트모더니즘 창작 기법인 '혼성모방'과 '표절'에 대해 법리 해석으로 접근하였다. "저작권법에도 '공표저작물의 인용에 관한 조문'이 따로 마련돼 있으며 그에 합당한 요건과 방식이 법으로 정해져 있다. '공표된 저작물', '보도 · 비평', '교육 · 연구 등 정당한 범위에서 비영리의 경우', '공정한 관행', '인용한 저작물의 출처 명시' 등 법에 명시된 요건들을 만족시켜야 한다."라고 강조했음을 전했다.

그리고 한 변호사는 "아무리 포스트모더니즘의 기법을 내세운다해도 남의 글을 출처도 밝히지 않고 자기 글 속에다 옮겨 써먹는 것은 저작권법 위반 행위와 다름없기 때문에 마땅히 삼가야 할 일"이라고 강조했다. 이 대목을 창작자는 늘 되새겨 보아야 한다. 제아무리 창작자의 '표현의 자유'가 중요하다 할지라도 타인의 '저작권'은 보호받아야 마땅하다는 취지일 것이다.

따라서 창작자는 '혼성모방'이든 '패러디'이든 간에 어떠한 형식을 취해서라도 그 원문의 출처를 밝혀야 한다. '저작권 침해'와 같은 타인의 권익을 침해하는 행위는 불법임과 동시에 인류 보편적 양심에 반하는 행위임을 늘 가슴에 품어야 한다.

3. '고전 인용'도 표절인가

저작권 보호기간이 지난 작품의 인용도 표절인가? 고전과 같은 '저작권' 보호기간이 지난 작품을 인용하여 출처를 밝히지 않았다면 표절이다. 이런 경우 타인의 권리를 침해하지 않았기에 법적 문제에서는 자유롭지만, 문학 작품 창작의 독창성 문제에서는 표절 행위이다. 남의 글을 마치 자기의 글인 것처럼 모방 혹은 도용, 나아가 도작하였다면 그것은 창작자로서 양심에 어긋나는 행위이다. 여기서 저작권법 제39조를 읽어 본다.

- 제39조(보호기간의 원칙) ① 저작재산권은 이 관에 특별한 규정이 있는 경우를 제외하고는 저작자가 생존하는 동안과 사망한 후 70년간 존속한다. 〈개정 2011.6.30.〉
- ② 공동저작물의 저작재산권은 맨 마지막으로 사망한 저작자가 사망한 후 70년간 존속한다. 〈개정 2011.6.30.〉[시행일 : 2013.7.1.]

이처럼 우리나라의 저작재산권 보호기간은 50년에서 70년으로 개정되었다. 보호기간이 지난 작품의 출처를 밝히지 않고 인용하면

법적 책임은 없다 하더라도 문학 작품에 인용 출처를 명시하지 말라는 의미는 아니다. 남의 글을 훔쳐 자기 글인 양 도용 혹은 도작하는 행위는 당연히 표절 행위이다.

인용한 글의 출처를 밝히지 않고 상업적 이득을 취하였다면 독자를 기망(欺罔)하여 금전적 이득을 얻을 목적이 있었다고 보이므로 '사기꾼'이라고 지탄을 가하더라도 할 말이 없을 것이다. 인류 보편적 양심에 반하는 행위를 창작자가 앞장서서 자행한다면 그것은 반드시 지탄받아야 마땅한 일이다.

4. '모방'과 '표절'의 경계

문학 작품에서 '창조'라는 말이 과연 가능할까? 모든 문학 작품은 아리스토텔레스의 주장처럼 '미메시스'이다. 자연의 모방과 재현이 그 출발점이다. 다시 말하면 '모방' 그 자체가 '창조'인 것이다. 이 세상에 '재현' 혹은 '재창조'는 존재하지만, '새로운 창조'는 존재하지 않는다는 말과도 상통한다.

작가는 의도적으로 남의 작품을 인용하거나 재해석하기도 한다. 나아가 '포스트모더니스트'나 이를 추종하는 자들은 남의 작품을 조합하는 것을 당연시하기도 한다. 이런 보편타당한 논의 앞에 서면 '표절'의 경계가 불명확하다는 말이 성립하기도 한다. 문학 작품에서 표절이라는 놈이 박쥐처럼 애매모호한 경계선에서 서성이고 있는 듯하다.

하지만 그 경계는 확연히 구분된다. 《두산백과》에 "표절은 다른 사람의 창작물을 자신의 것으로 도용한다는 점에서 다른 사람의 창작물을 본따서 나름대로 재창조한 모방과는 구별된다."라고 모방과 표절을 분명하게 구별하고 있다. '도용' 여부가 그 경계선을 갈라놓는다.

5. '패러디(parody)'와 표절

'패러디(parody)'도 표절의 범주에 속하는가? 한마디로 말하자면 아니다. 패러디는 원문의 출처를 명확히 밝힌 상태에서 풍자와 해학으로 변주하는 행위이기 때문이다. 《두산백과》에 "패러디도 다른 사람의 저작을 차용한다는 점에서는 마찬가지이지만, 기본적으로 원전을 밝히고 그것을 풍자적·해학적으로 표현하는 점에서 표절과 구별한다."라고 기술하고 있는 것처럼 패러디와 표절은 '원전(원문)을 밝혔느냐'에 따라 분명하게 구별된다.

그렇다면 출처를 밝히지 않은 패러디가 존재할까? 대개 표절 시비가 붙으면 작가들이 '패러디'라고 주장하면서 방어전에 들어간다. 하지만 출처를 밝히지 않은 패러디는 존재할 수 없다. 또한, 풍자성과 해학성이 배제되어 있음에도 '패러디'라고 주장하는 뻔뻔한 작가도 있다.

6. 비평의 역할

요즘 작가나 시인이라는 직함이 너무나 흔하다. 그중에는 남의 작품을 베끼거나 자신의 작품을 짜깁기하는 함량 미달 작가와 시인도 존재한다. 심지어 등단 30년이 넘은 시인마저 표절 행위를 자행하고도 부끄러워할 줄 모르는 얄궂은 문학 풍토가 조성되어 있다. 표절을 자행하는 작가와 시인에게 주례사처럼 칭찬 일색의 평을 하는 평론가나 문인도 허다하다. 심지어 표절을 일삼는 자에게 나눠먹기식으로 문학상을 수여하기도 한다. 그 때문에 표절의 심각성은 더 깊은 수렁에 빠져들고 있다.

표절은 비윤리적인 행위이다. 비록 법적 권익인 저작권을 침해하지 않았다 하더라도, 창작자의 비양심적인 표절 행위는 용납될 수 없는 인류 보편적 양심에 어긋나는 행위임이 분명하다. 그렇다면 누가 감시할 것인가?

그 감시는 창작자의 양심, 비평가의 가치 판단, 독자의 눈, 문학 담당 기자의 펜이 감당해야 한다. 달리 말하면 우리 모두의 몫이다. 그 감시 기능이 탄탄하지 않으면 표절 행위가 만연할 것이 뻔하다.

창작자는 늘 도덕적 양심으로 무장해야 한다. 비평가는 문학 작품에서 가치 없는 비윤리적인 행위를 찾아내어 비평을 가하는 것도 책무임을 잊어서는 안 된다. 독자는 자신들을 기망하는 창작자를 향해 씁쓸한 항의를 스스럼없이 담당해야 한다. 문학 담당 기자는 불편한 진실을 들추어내어 사실을 보도해야 한다.

우리 모두 표절에 대한 감시자로서 비평가적 사고가 요구되는 시대에 살고 있다. 그 비윤리적인 행위가 사라지는 날이 밝아오기를 기대해 본다.

신기용
문학평론집

1장

용어 이해와 출처의 윤리

1. 용어 해설과 이해

1) 영향(影響, influence)이란

미국의 문학비평가 해럴드 블룸(Harold Bloom)의 저서 『영향의 불안』(1975) 이후 '영향'은 선배 시인과 후배 시인 사이의 의식적·무의식적 모방관계를 지칭하게 되었다. 동양에서는 전통적으로 선후배 시인들 사이의 시적 영향이 노골적으로 드러나 있었지만, 독창성과 개성을 중시하는 서양의 근대적 문학 관념이 유입되면서 영향 관계는 은밀하게 이루어졌다. 과거에는 자랑스러운 일이었던 모방과 영향이 근대에 이르러 수치스러운 현상으로 변질된 것이다.

—《네이버 지식백과》에서

(1) 영향이란

미국의 문학비평가 해럴드 블룸은 『영향의 불안(The Anxiety of Influence)』(1975)이라는 저서에서 "시인은 특히 [밀턴(Milton) 시대 이후] 그의 상상력이 '선배 시인', 즉 아버지—시인의 시에 의해 사로잡힐 때 작시 동기가 된다. 후배 시인에 대한 태도는 오이디푸스(Oedipus)와 그의 아버지와의 관계에 대한 프로이트(Freud)의 분석과 같이 애

증병존(愛憎竝存) 관계이다. 즉, 그 자세는 사랑과 존경뿐만 아니라 (유능한 시인은 절대적으로 독자적이고 독창적인 의무감을 느끼기 때문에) 아들의 상상력의 영역을 아버지 시인이 선매(先買)한 데 대한 증오와 시기와 공포로 뒤섞여 있다. 후배 시인은 선배 시인의 시를 방어적으로 읽음으로써 자신의 독자성과 우월성을 보호하여 그 결과 그 시를 자신의 의식적인 인식 밖에서 왜곡해 버린다. 그럼에도 불구하고 그는 전대미문의 독창적인 시를 쓰려는 자신의 숙명적인 시도 가운데로 기형이 된 선배 시인의 시를 구체화하지 않을 수 없다. 가장 후배 시인도 달성할 수 있는 최상의 것은 아주 '강력한' 시를 써서 '우월성', 즉 시간성에서 아버지—시를 초월하고 위대성에서도 압도한다는 인상을 주는 것이다."[02]라고 주장하였다.

요약하여 말하면, '영향'은 후배 시인은 선배 시인의 시를 무의식적이든 의식적이든 모방하게 된다는 것이다. 이는 경멸적인 '표절(剽竊, plagiarism)'이라는 용어와는 거리가 먼 비경멸적인 용어로 사용한 것이다.

(2) 영향과 수용, 영향과 모방

제자는 스승의 영향을 받을 수밖에 없다. 또한, 작가는 자신이 좋아하는 작가와 작품의 영향을 받을 수밖에 없다. 작가가 창작할 때,

02 장영규 외 공역, 『문학용어해설집』, 대구대학교출판부, 1985, 143~144쪽.

국내외 다른 작가와 작품으로부터 영향을 받은 작법이나 어휘, 시적 발상이나 시적 구조 등을 자연스럽게 '수용'하거나 '모방'하는 경우가 있다는 말이다. 이런 작품을 대할 때, '영향'과 '수용', 혹은 '영향'과 '모방'이라는 유연한 용어로 별문제 없이 당연시할 때가 있다. '차용', '모방', '표절'이라는 용어만으로도 충분히 설명이 가능함에도 '영향'이라는 용어를 끌어들여 합리화하려는 태도는 바람직하지 않다.

'차용'한 작품이 출처를 밝혔다면 '모방'에 해당하지만, 출처를 밝히지 않았다면 '표절'에 해당한다. 만일 스승의 '표절' 그림자가 드리워져 있다면, 표절의 '유사성'과 '근접성'이라는 잣대로 '독창성' 여부를 따져 볼 필요가 있다. 이때 주제, 소재, 시적 구조 등 여러 층위에서 매우 유사하여 독창성을 인정받을 수 없는 지경이라면 '표절'로 결론날 것이다. 반대로 몇몇 어휘나 시적 발상 등 단순하게 유사하거나 우연성이 인정된다면 '표절'이 아니라는 결론에 도달할 것이다.

출처 없는 '차용'은 '표절' 의혹을 받을 수밖에 없다. 그 대표적 예가 최남선의 「해에게서 소년에게」가 바이런(George Gordon Byron, 1788~1824)의 「대양」을, 김소월(본명 김정식)의 「진달래꽃」이 윌리엄 버틀러 예이츠(William Butler Yeats, 1865~1939)의 「하늘의 옷감(He Wishes For The Cloths Of Heaven)」을 '표절'했거나 혹은 '영향'을 받았다는 주장이 계속 제기되는 것이다. 그렇다고 이를 두고 무조건 '표절'이라고 단정하여 말한다면 그것 또한 모순이다. 그래서 '표절'이라는 놈과 '모방'이라는 놈의 경계가 모호해지기도 한다. 그 '모호성' 때문에 '모방'으로 인정받을 수도 있다. 이 '모호성'이 창작의 허점으로 작용하기도 한다.

이런 허점 때문에 남의 글을 몰래 훔쳐서 교묘하게 잘 조합하고 문장과 어휘를 바꿔 놓는 행위를 서슴없이 자행하는 창작자가 잡초처럼 나타나는 것이다. 누가 뭐라 해도 표절은 비윤리적인 행위이다. 윤리의식이 없는 작가는 표절 유혹 앞에서 양심을 저버릴 수 있다. 경계하자!

(3) 예이츠의 「하늘의 옷감」과 김소월의 「진달래꽃」

예이츠의 「하늘의 옷감」을 1921년 김억(김안서)은 번역 시집 『무도의 오뇌』에 「꿈」이라는 제목으로 수록하였다. 1922년 김소월이 「진달래꽃」을 《개벽》 25호에 발표한 시기를 고려해 보면, 1921년 김억의 번역 시집 『무도의 오뇌』에 수록된 「꿈」의 영향을 받았을 가능성이 농후하다. 진한 글씨 부분에 주목하면서 읽어 본다.

I would spread the cloths under your feet:
But I, being poor, have only my dreams;
I have spread my dreams under your feet;
Tread softly because you tread on my dreams.

— William Butler Yeats, 「He Wishes For The Cloths Of Heaven」에서

그대의 발아레 페노흘려만,
아々 가난하여라, 내 所有란 꿈박게엄서라,
그대의 발아레 내꿈을 페노니,
나의 생각가득한 꿈우를
그대여, 가만히 밟고지내라.

— 김억(김안서) 역, 「꿈」 에서[03]

김소월은 김억의 제자이다. 오산학교 중등부에서 스승과 제자로 인연을 맺었다. 김억이 1921년 번역 시집 『무도의 오뇌』를 출간한 다음해 김소월은 「진달래꽃」을 《개벽》에 발표하였다. 이러한 시차가 의미하는 것은 『무도의 오뇌』에 「꿈」이라는 제목으로 수록된 예이츠의 「하늘의 옷감」에서 김소월이 영향을 받았을 것이라는 추측을 가능하게 한다. 진한 글씨 부분에 주목하면서 읽어 본다.

가시는 발걸음마다
뿌려놓은 그 꽃을
고이나 즈려밟고 가시옵소서

— 김소월, 1922년 《개벽》의 「진달래꽃」 3연

03 국학자료 제5집, 『오뇌의 무도 · 실향의 화원 · 해외 서정시집』, 서강대학교 인문과학연구소, 1986, 93쪽.
— 김안서 역, 『오뇌의 무도』(1921), 119쪽. 영인본 참조.

예이츠의 「하늘의 옷감」 8행 "Tread softly because you tread on my dreams."에 주목해 본다. 김억은 "나의 생각가득한 꿈우를/ 그대여, 가만히 밟고지내라."라고 번역하였다. 이 대목을 1922년 《개벽》에 발표한 김소월의 「진달래꽃」의 3연 "고이나 즈려밟고 가시옵소서"와 비교해 보면 너무나 흡사하다.

왜, 김소월의 「진달래꽃」을 두고 표절이라 말하지 않는가? 김소월의 「진달래꽃」에 예이츠의 「하늘의 옷감」의 그림자가 드리워져 있다. 바로 표절 그림자이다. 아니 더 무섭게 표현하면 표절이다. 예이츠의 「하늘의 옷감」의 결행 "Tread softly because you tread on my dreams."에 주목해 본다. 김억의 번역 "나의 생각가득한 꿈우를/ 그대여, 가만히 밟고지내라."와 1922년 《개벽》에 발표한 김소월의 「진달래꽃」 3연 "고이나 즈려밟고 가시옵소서"만 읽어 보더라도 표절의 근접성을 알 수 있다. 그러나 오늘날까지 문단과 학계에서는 영국 시의 '영향'을 받아 '모방'한 시라는 정도의 유연한 태도를 보여 왔다.

문학에서 이 '영향'이라는 유연한 용어로 인해 표절 행위가 기승을 부리는 것일 수도 있다. 서구 문학이 유입될 때부터 많은 작가나 시인이 표절 행위를 스스럼없이 자행했음에도 오늘날에 이르기까지 표절이라 하지 않고, '영향'과 '수용' 혹은 '모방'이라는 유연한 태도를 보이고 있는 것은 우리의 지성을 욕되게 하는 것이다. 이제 우리 한국의 지성은 이를 과감하게 비판할 수 있어야 한다.

특히 영미문학, 프랑스문학, 독일문학 등 서구 문학을 전공한 비평가들에 의해 유연한 태도에서 벗어나 반성과 성찰의 문학으로 사고를 전환할 필요가 있다. 그런 전환점적인 계기가 마련되지 않고서는 오늘날 우리 문단과 학계에 만연해 있는 표절 행위는 근절되기 어려울 것이다.

(4) 영향관계

"제자는 스승의 영향을 받을 수밖에 없다."라고 허두에서 말했다. 정지용과 청록파 시인(박목월, 박두진, 조지훈)의 영향관계가 좋은 예이다. 정지용이 《문장》을 통해 청록파 세 시인을 추천하여 세상 밖으로 나오게 하였다. 정지용은 청록파 공동 시집 『청록집』 출판에 도움을 주면서 영향을 미치기도 했다.

박태상(한국방송통신대) 교수는 "박목월의 「윤사월」의 한 연은 문덕수도 지적했지만, 지용의 「폭포」의 한 연을 그대로 옮겨온 것처럼 영향관계가 분명하게 드러나고 있다."[04]라고 주장하였다. 또한, "박두진 초기시의 상당수 시구에서 스승 정지용의 시에서 가져온 듯한 표현이 눈에 많이 띈다."[05]라고 주장하였다. 아래 인용 시의 진한 글씨에 주목하면서 읽어 본다.

04 박태상, 『정지용의 삶과 문학』, 깊은샘, 2010, 62쪽.
05 박태상, 위의 책, 71쪽.

산ㅅ골에서 자란 물도
돌베람빡 낭떠러지에서 겁이 났다.

…

송화ㅅ가루
노랗게 날리네.

…

— 정지용, 「폭포」 1, 8연

송화(松花) 가루 날리는
외딴 봉우리

윤사월 해 길다
꾀꼬리 울면

산지기 외딴 집
눈 먼 처녀사

문설주에 귀 대고
엿듣고 있다.

— 박목월, 「윤사월」 전문

박태상 교수의 주장처럼 정지용의 「폭포」 8연과 박목월의 「윤사월」 1연을 비교해 보면 그 영향관계가 분명하게 드러난다. 이것은 박목월이 자신을 추천한 스승 정지용의 영향을 받았음이 명확하다는 증거이다. 또한, 박 교수는 '정지용과 박두진의 영향관계를 보여주는 대표적인 예'[06]를 들었다. 그 예는 정지용의 「백록담」과 박두진의 「별－금강산 시 3」이다.

> 백화 옆에서 백화가 촉루가 되기까지 산다. 내가 죽어 백화처럼 힐 것이 숭없지 않다.
>
> — 정지용, 「백록담」 3연

> 백화 앙상한 사이를 바람에 백화같이 불리우며 물소리에 흰돌 되어 씻기우며 나는 총총히 외롬도 잊고 왔더니라
>
> — 박두진, 「별－금강산 시 3」 2연

인용 시 정지용의 「백록담」 3연과 박두진의 「별－금강산 시 3」 2연을 비교해 보면, 박두진은 시어 '백화'를 그대로 차용하면서도 정지용의 '백화처럼'이라는 직유를 '백화같이'라는 직유를 어휘만 바꿔 그대로 옮겨 놓았음을 알 수 있다.

06 박태상, 위의 책, 70~71쪽.

(5) 영향과 표절을 식별하기 위한 새로운 용어

앞에서 "'차용', '모방', '표절'이라는 용어만으로도 충분히 설명이 가능함에도 '영향'이라는 용어를 끌어들여 합리화하려는 태도는 바람직하지 않다."라고 언급하였지만, 합리화가 아닌 비판을 목적하는 측면에서 '표절'을 식별하거나 구분하기 위한 용어로 '영향차용', '영향모방', '영향표절'이라는 복합어를 사용해도 좋을 것 같다. 심리학에서 '영향망상(影響妄想, delusion of being influenced)'[07]이라는 용어가 있듯이 스승이나 선배, 외국 작품의 영향을 받아 '차용'하는 행위를 구분하기 위한 방법으로 '영향차용'이라는 넓은 의미의 용어로 일컬어도 무방할 것이다.

'영향차용'한 작품이 출처를 밝혔다면 '모방'에 해당하지만, 출처를 밝히지 않았다면 '표절'에 해당한다. 따라서 좁은 의미로 전자는 '영향모방', 후자는 '영향표절'이라 일컬을 수 있을 것이다.

만일 스승의 '영향표절' 그림자가 드리워져 있다면, 표절의 '유사성'과 '근접성'이라는 잣대로 '독창성' 여부를 따져 보아야 한다. 이때 주제, 소재, 시적 구조 등 여러 층위에서 매우 유사하여 독창성을 인정받을 수 없는 지경이라면 '표절'이다. 즉, 좁은 의미의 '영향표절'이다. 반대로 몇몇 어휘나 시적 발상 등 단순하게 유사하거나

07 일종의 수동적 체험이고 자신의 생각이나 행동이 외부의 다른 자로부터 영향을 받아 지배되고 있는 것으로 느끼게 된다. 분열병에서 볼 수 있는 자아장애에 따른 것으로 환자는 "텔레파시나 최면에 걸린 느낌"이라고 말하는 경우도 있다. (출처: 《네이버 지식백과》)

우연성이 인정된다면 '표절'이 아니다. 즉, 넓은 의미의 '영향차용'에 해당한다.

2) 모방(模倣, imitation)이란

예술창작에서 원상(原像)을 본뜨는 활동을 말한다. 원상별로는 다음의 3종류로 나뉜다.

① 가장 일반적으로는 외적 자연 혹은 현실의 '재현' 혹은 '묘사'를 의미하며 예로부터 회화, 조각, 문예 등의 창작 원리로 말해지고 있다. 그 경우에는 대상을 있는 그대로 재현하는, 즉 '사실'을 말하는 입장과 대상의 이상화 혹은 미화의 계기를 포함하는 입장 등이 있다.

② '재현'뿐 아니라 널리 정의(情意)·성격 등 내면성(내적 자연)의 모방도 포함하는 경우로, '표현'과 거의 같은 의미로 쓰인다. 이것은 고대 그리스, 특히 아리스토텔레스(Aristoteles, B.C. 384~B.C. 322)의 모방(미메시스, mimesis) 이론에 현저히 보이며, 음악이나 서정시도 모방예술로 여겨진다.

③ 타 예술가의 작품, 특히 선인(先人)의 걸작을 모작 혹은 모사하는 것으로 르네상스나 근세에서 고대 그리스 예술작품의 모방이 추장(推奬)된 것은 그 대표적인 경우이다.

—《네이버 지식백과》에서

'모방시 짓기' 학습은 중학교 교과 과정이다. 이 학습에서는 시 창작이 상당히 고통스럽고 어려운 일이지만, 결코 어렵기만 한 것이 아니라 누구나 창작할 수 있음을 모방시를 통해 친밀감을 조성하고 체험하게 한다. 모방시 짓기는 때로는 패러디 성격이 강해 풍자적이고 해학적이다.

모방(imitation)과 패러디(parody)의 차이점은 무엇인가? '모방'은 타 예술가의 작품, 특히 선인의 걸작을 원작으로 삼아 '모작' 혹은 '모사'하는 것이지만, '패러디'는 원작을 차용하면서 변형과 풍자, 혹은 비판 의식을 끌어들인다.

모방시를 짓기 위해 원작을 정해 주지 않으면 많은 학생이 김소월의 「진달래꽃」과 서정주의 「국화 옆에서」를 모방한다. 그 예로 「진달래꽃」 4연 1~2행의 "나 보기가 역겨워/ 가실 때에는"을 "책 보기가 역겨워/ 조실 때에는" 혹은 "시험을 보기가 역겨워/ 눈 감을 때에는" 등으로 변주하기도 한다.

또한, "한 송이 국화꽃을 피우기 위해"를 "한 개의 국화빵을 굽기 위해" 혹은 "한 아름 웃음꽃을 피우기 위해" 등으로 변주하기도 한다. 나아가 "소쩍새가 그렇게 울었나 보다"를 "강아지가 그렇게 짖었나 보다" 혹은 "참새가 그렇게 짹짹거렸나 보다" 등으로 우스개화하기도 한다. 이처럼 「진달래꽃」과 「국화 옆에서」는 일상에서 우스갯소리의 변주로 흔히 사용하는 것만 보더라도 국민시임에 틀림이 없다.

필자가 2007년 《호서문학》 겨울호에 발표한 「아내의 마음」이라는 생활시와 필자의 초등학교 친구 남대우가 '부산감천초등학교 동창회' 카페에 우스개로 게재한 모방시를 소개한다.

눈을 빗뜬
아내
아침상에
재첩국을 내놓았다.

난, 또
거짓말을 했다.

술
끊을게

— 신기용, 「아내의 마음」 전문

눈을 빗뜬
아내
아침상에
도라지무침을 올려 두었다.

난, 또

거짓말을 했다.

담배

끊을게

— 남대우, 「아내의 마음」 전문

원작 「아내의 마음」은 필자가 2002년 충청남도 논산에 거주할 때 창작했다. 출근 전 숙취 해소에 좋다는 '올갱이국'을 내놓는 아내의 눈빛을 보고 갑자기 시상이 떠올랐다. 그 눈빛에서 남편을 걱정하는 마음과 토라진 마음이 겹쳐 있음을 읽었다. 그래서 최초에는 '재첩국'이 아니라 '올갱이국'이었다. 그 뒤 고향 부산에 이사를 왔는데 이른 아침마다 "재첩국 사이소, 재첩국!"이라는 재첩국 장수 할머니 목소리를 들을 수 있었다. 어릴 적 이른 아침마다 듣던 정겨운 소리라서 살갑게 들렸다. 창문을 열어 놓고 잠을 자는 여름에는 그 목소리 때문에 짜증이 나기도 했다.

2007년 《호서문학》 겨울호 원고 청탁을 받고 고민했다. 원고를 보내던 날 아침에도 숙취 때문에 '재첩국'을 먹었다. 그 당시에는 '올갱이국'보다는 '재첩국'이 더 정겹게 느껴졌기에 '재첩국'으로 수정했다. 이 시는 생활에서 일어나는 사소한 일을 짧게 시화한 것이지만, 세상의 모든 '아내의 마음'을 대변할 수도 있을 것 같아 시적 가치를 떠나 늘 소중히 여기고 있다. 간혹 술자리에서 낭송해 보기도 한다.

초등학교 친구 남대우가 동창회 카페에서 「아내의 마음」을 모방한 시를 재치 있게 게재했다. 원작의 '술' 대신 '담배'로, '재첩국' 대신 '도라지무침'으로 시어를 바꾸어 우스개화한 '모방시'이다. 엄격하게 말하면 해학적 골계미가 넘치므로 '패러디'이다. 그것은 그 친구가 유머 감각이 뛰어나고, 언어의 미학을 잘 알기 때문이다. 이 시를 읽은 동창들이 한바탕 웃을 수 있어 좋았다.

윤석중(1911~2003) 동시 「먼 길」을 모방한 동시를 한 편 소개하고자 한다.

아기가 잠드는 걸
보고 가려고
아빠는 머리맡에
앉아 계시고,

아빠가 가시는 걸
보고 자려고
아기는 말똥말똥
잠을 안 자고.

— 윤석중, 「먼 길」 전문

「먼 길」은 일제강점기였던 1940년대에 아버지가 징용을 가게 된 한 가정의 이야기를 담은 것이라고 윤석중 시인 스스로 밝혔다. 아빠와 아기의 모습에서 헤어짐의 아쉬움이 극대화되어 있다. 이 동시 속 엄마는 무엇을 하고 있을까? 윤석중 시인은 의도적으로 엄마를 노출시키지 않았다. 엄마의 다양한 모습과 역할을 독자가 상상할 수 있도록 숨겨 놓았다.

「먼 길」의 모티프를 차용하여 인격체가 아닌 '별'과 '풀벌레'로 대체해 놓은 동시가 있다. 2009년 '부산 여성 동시인 초대 동시화전' 출품작 중 한 편인 「여름밤」이다. 모티프 하나만으로 표절이라 단정할 수 없다. 시인만이 알고 있겠지만, 우연성의 결과일 수도 있다. 그러나 일단 '모방시'로 분류해 본다.

별님
반짝반짝

풀벌레
찌르찌르

어서 잠들라고
반짝반짝

어서 꿈나라 가라고

찌르찌르

반짝반짝
찌르찌르

서로 재우려다
여름밤 꼬박 세우네.

— 정미혜, 「여름밤」 전문

동시 「여름밤」은 윤석중의 동시 「먼 길」에서의 아빠와 아기의 모습처럼 별님과 풀벌레가 서로 상대를 잠재우려고(잠드는 것을 보려고) 애쓰는 모습을 그린다. 별님은 시각적인 빛으로, 풀벌레는 청각적인 소리로 상대를 잠재우려고 하다가 여름밤을 꼬박 지새운다는 이야기가 담겨 있다.

동시인 정미혜(부산아동문학 등단)는 의도적으로 윤석중의 「먼 길」의 모티프를 차용했을 가능성이 크다. 초등학교 교과 과정에서 이 동시가 차지하는 비중이 크기 때문이다. 정 시인은 초등학교 교사이다.

3) 패러디(parody)란

패러디는 풍자나 희화화(戱畵化)를 위해 작가 또는 작품의 특징적인 스타일을 모방하는 문학 혹은 예술 활동을 말한다.

패러디는 단순한 모방 차원이 아니고, 패러디의 대상이 된 작품과 패러디를 한 작품이 모두 새로운 의미를 가지게 된다는 점에서 표절과 구분된다.

패러디는 포스트모더니즘 풍조에 따라 소설에서부터 음악, 영화, 광고 등에 이르기까지 다양한 분야에 유행되고 있으며 근래에 와서는 하나의 창작 유형으로 받아들여지는 추세에 있다.

원래 패러디(parody)란 말은 '대응노래(counter-song)', '파생적인 노래'라는 뜻의 고대 희랍어 'parodia'에 그 어원을 두고 있다. 이때 접두어 para에는 '대응하는(counter)', '反하는(against)', '이외에(besides)'의 뜻이 있다.

이 단어는 아리스토텔레스의 『시학(詩學)』에 등장할 정도로 기원이 오래된 용어이다. 고대 그리스의 풍자시인 히포낙스가 그 시조(始祖)라고 한다.

— 《네이버 지식백과》에서

'패러디'와 '혼성모방(패스티시)'의 차이점은 무엇인가? '패러디'는 원작을 차용하면서 변형과 풍자, 혹은 비판의식을 끌어들이지만, '혼성모방'은 원작을 차용하면서 비판이나 재해석을 배제한다. 이러한 차이점이 '패러디'와 '혼성모방'을 분별하는 기준이다. 어떤 면에서 '혼성모방' 기법을 적용한 작품보다 '패러디'를 적용한 작품이 더 문학 작품답게 느껴지는 것은 왜일까? 아마도 '혼성모방' 기법에서는 전혀 찾아볼 수 없는 비틀거나 꼬집는 우스개의 풍자와 해학적 골계미가 '패러디'에서는 새로움으로 다가오기 때문이다. 이 때문에 '패러디'는 새로운 창작물로 인식된다.

이상(李箱)의 「오감도(烏瞰圖)」를 '패러디'한 연작시가 있다. 신동문[08](辛東門, 1928~1993)의 「모작조감도(模作鳥瞰圖)」[09]라는 연작시이다. 이상이 「오감도(烏瞰圖)」[10]에 '시 제1호'부터 '시 제15호'까지 부제를 단 것처럼, 신동문도 '시 제1호'부터 '시 제5호'까지 부제를 달았다. 제목에 '모작'이라고 단서를 담과 동시에 인용 출처를 밝혔다. 이 때문에 '패러디'[11]가 분명하다. '모작'이라는 말의 의미만으로는 '모방시'라고 볼 수 있겠지만, 풍자성 때문에 '패러디'로 분류하는 것이 타당할 것 같다.

08 신동문: 본명 건호(建浩)
— 유성호, 「부정과 참여의 반시적 페이소스」, 『내 노동으로』, 솔, 2004, 110쪽과 김판수, 시인 『신동문 평전』, 북스코프, 2011, 48쪽과 333쪽 참조.

09 1965년 11월 《세대》에 발표.

10 [조선중앙일보](1934. 7. 24.)에 이상 「오감도(烏瞰圖)」가 발표되었을 때부터 「조감도(鳥瞰圖)」의 오자라는 주장도 있었으나, 지금까지 학계와 문단에서는 「오감도(烏瞰圖)」를 의도적 낯설게 하기 기법으로 인정해 왔다.

11 김판수, 『신동문 평전』, 북스코프, 2011, 130쪽에 의하면, "이상의 「오감도(烏瞰圖)」를 모작, 곧 모방한 것이다."라고 하면서도 "모방(패러디)"이라고 병기하고 있다. 모방(模倣, imitation)과 패러디(parody)를 구분하지 않았기 때문이다. 또한, "모방했다지만, 메시지까지 모방한 것은 아니고, 그 형식만 따온 것이다. 또 만약 그가 제목까지 그대로 모방했다면 '모작오감도(模作烏瞰圖)'라 했을 텐데, 「모작조감도(模作鳥瞰圖)」라고 한 것이 그의 착각에 의한 오기(誤記) 때문이었는지 혹은 의도적인 것이었는지는 불확실하다."라고 주장하고 있다. 하지만 신동문이 「모작조감도(模作鳥瞰圖)」라고 《세대》(1964.5)의 「시인이 못 된다는 이야기」라는 산문에서도 동일하게 표기한 것을 미루어 보면, 이상의 작품에 대해 간접적으로 오자임을 다시 제기한 것일 수도 있다.

십삼인의아해가도로로질주하오.

(길은막다른골목길이적당하오.)

제일의아해가무섭다고그리오.

제이의아해도무섭다고그리오.

제삼의아해도무섭다고그리오.

제사의아해도무섭다고그리오.

제오의아해도무섭다고그리오.

제육의아해도무섭다고그리오.

제칠의아해도무섭다고그리오.

제팔의아해도무섭다고그리오.

제구의아해도무섭다고그리오.

제십의아해도무섭다고그리오.

제십일의아해가무섭다고그리오.

제십이의아해도무섭다고그리오.

제십삼의아해도무섭다고그리오.

십삼인의아해는무서운아해와무서워하는아해와그렇게뿐이모였소.

(다른사정은없는것이차라리나았소.)

그중에일인의아해가무서운아해라도좋소.

그중에이인의아해가무서운아해라도좋소.

그중에이인의아해가무서워하는아해라도좋소.
그중에일인의아해가무서워하는아해라도좋소.

(길은뚫린골목이라도적당하오.)
십삼인의아해가도로로질주하지아니하여도좋소.

— 이상, 「오감도-시 제1호」 전문[12]

십삼인의청년이도로를질주하오.
(막다른골목에서청년이된것이오)

제일의청년이데모를하오.
제이의청년도데모를막으오.
제삼의청년도데모를하오.
제사의청년도데모를막으오.
제오의청년도데모를하오.
제육의청년도데모를막으오.
제칠의청년도데모를하오.
제팔의청년도데모를막으오.
제구의청년도데모를하오.
제십의청년도데모를막으오.

12 원문의 한자를 한글로 표기하였다.

제십일의청년도데모를하오.

제십이의청년도데모를막으오.

제십삼의청년도데모를하오.

십삼인의청년은데모하는청년과데모를막으려는청년과그렇게뿐이 모였소.

(다른사정은없는것이차라리나았소.)

그중에서일인의청년이데모하는청년이라도좋소.

그중에서이인의청년이데모하는청년이라도좋소.

그중에서이인의청년이데모를막으려는청년이라도좋소.

그중에서일인의청년이데모를막으려는청년이라도좋소.

(뚫린골목에서청년이된것이라도적당하오.)

십삼인의청년이도로를질주하지아니해도좋소.

— 신동문, 「모작조감도-시 제1호」 其一

인용한 시 둘 다 일본어처럼 띄어쓰기를 무시하고 붙여 쓰기를 하고 있다. 행간도 일치한다. 외형상으로도 모작임을 알 수 있게 의도적으로 시행을 배열한 것 같다. 이상의 「오감도-시 제1호」를 '패러디'한 신동문의 시 「모작조감도-시 제1호」의 '기일(其一)'을 비교해 보면, "아해"를 "청년"으로, "무섭다고그리오."를 "데모를하오./ 데모를막으오."로 단어를 바꾸어 '패러디'했다. 신동문은 4·19혁명에 가

담한 청년 시위대와 이를 막으려는 경찰대에 대해 풍자한 것이다.

싸움하는사람은즉싸움하지아니하던사람이고또싸움하는사람은싸움하지아니하는사람이었기도하니까싸움하는사람이싸움하는구경을하고싶거든싸움하지아니하던사람이싸움하는것을구경하든지싸움하지아니하는사람이싸움하는구경을하든지싸움하지아니하던사람이나싸움하지아니하는사람이싸움하지아니하는것을구경하든지하였으면그만이다.

— 이상, 「오감도-시 제3호」 전문

선글라스쓴사람을무서워하는사람이무서워서선글라스를쓴사람은선글라스를못벗으니까안쓴사람은더욱무서워하니까쓴사람은더욱짙은선글라스를쓰게되고안쓴사람은더욱더무서워한다.안쓴사람이더욱무서워하면쓴사람도더욱무서워하면안쓴사람이더욱더무서워하면쓴사람도더욱더무서워하면영원히무서워하는천재만남는다.
선글라스쓴사람을안무서워하면선글라스쓴사람도안무서워하니까엷은선글라스를쓰니까더욱안무서우니까쓴사람도안무서우니까아주선글라스를벗으니까아주안무서운선글라스안쓴사람과아주안무서운선글라스쓴사람만남으면영원히무사한속물들만들끓는다.

— 신동문, 「모작조감도-시 제3호」 전문[13]

인용 시는 이상의 시적 발상을 '패러디'한 것이다. 이상의 「오감도-시 제3호」를 '패러디'한 신동문의 시 「모작조감도-시 제3호」를 비교해 보면, 이상의 시에서 등장인물은 "싸움하는사람"과 "싸움하지아니하는사람"이고, 신동문의 시에서 등장인물은 "선글라스를쓴사람"과 "선글라스를안쓴사람"이다. 이 "선글라스를쓴사람"은 박정희 대통령을 상징하면서도 5·16군사정변 후 폭압을 자행하는 자들을 암시한 것이다. "선글라스를안쓴사람"은 무서운 폭압으로부터 떨고 있는 '국민(민초)'을 상징한 것이다. 연작시 「모작조감도」는 대부분 박정희 대통령과 5·16군사정변을 조롱하거나 풍자한 시이다. 단, 앞에서 살펴본 「모작조감도-시 제1호」의 '기일(其一)'은 4·19혁명을 희화하고 풍자한 것이다.

신동문이 평생 발표한 시가 30여 편이다. 장편시의 부제를 편수로 인정하더라도 60편 정도이다. 그중에는 「모작조감도-시 제1호」처럼 4·19혁명에 대한 참여시가 많은 부분을 차지한다. 그래서 신동문을 말할 때, '4·19 시인'이라는 별칭이 따라붙는다. 또한, 「오감도-시 제3호」와 같이 독재 권력자를 조롱하거나 풍자한 참여시를 발표하기도 했다. 그래서 '앙가주망(engagement, 현실참여)의 시인'으로 불리기도 한다.

그는 1992년 6월 [경향신문] 기자였던 김판수와의 인터뷰에서 박

13 신동문, 『내 노동으로』, 솔, 2004, 59쪽.

정희 독재 시대에 '순수문학'을 지향한 문인에 대해, "그 고단한 시기에 꽃을 노래하고 풍류에 취하기가 어디 그리 쉬웠겠는가. 그 사람들이야말로 삶의 현장으로부터 멀리 떨어진 곳에서 시를 찾으려고 했으니, 마음고생이 심했을 거야."[14]라고 언급하면서 세 번의 필화 사건에 연루되어 고통을 받은 그 자신을 위안했다.

신동문이 말했던 그 고단한 시대에 꽃을 노래한 시인은 많다. 하지만 대표적으로 서정주를 겨냥한 듯하다. 1963년 10월 《세대》의 지상(誌上) 세미나에서 편집자의 의도에 따라 신동문과 서정주가 대립했었다. '순수문학이냐 참가문학이냐'라는 제목으로 신동문은 '참여문학'을, 서정주는 '순수문학'을 대변하면서 상대를 신랄하게 비판해야 한다는 편집 의도였다. 그래서 꽃을 노래한 시인의 대변자가 서정주인 셈이다. 하지만 오늘날 '꽃의 시인'이라 하면 서정주보다는 김춘수를 떠올린다. 김춘수의 대표적인 시 「꽃」을 읽어 본다.

> 내가 그의 이름이 불러 주기 전에는/ 그는 다만/ 하나의 몸짓에 지나지 않았다.// 내가 그의 이름이 불러 주었을 때/ 그는 나에게로 와서 꽃이 되었다.// 내가 그의 이름을 불러 준 것처럼/ 나의 이 빛깔과 향기에 알맞은/ 누가 나의 이름을 불러다오./ 그에게로 가서

14 김판수, 『신동문 평전』, 북스코프, 2011, 295쪽.

나도/ 그의 꽃이 되고 싶다.// 우리들은 모두/ 무엇이 되고 싶다./ 너는 나에게 나는 너에게/ 잊혀지지 않는 하나의 눈짓이 되고 싶다.

— 김춘수, 「꽃」 전문

김춘수의 시 「꽃」을 '무의미 시'로 분류하기도 한다. 원작과 비교하면서 이를 '패러디'한 아래의 시를 같이 읽어 본다. 이들의 공통점은 신동문처럼 제목에서 '모방' 혹은 '패러디'임을 밝히고 있다는 점이다. 시인 장경린은 「김춘수의 꽃」, 시인 오규원은 「'꽃'의 패러디」라고 제목에서 명확하게 밝혔다.

나와 섹스하기 전에는/ 그녀는 다만/ 하나의 꽃에 지나지 않았다.// 나와 섹스를 하고 난 후/ 그녀는 더 이상 꽃인 체하지 않는// 利子가 되었다.// 내가 그녀와 섹스를 한 것처럼/ 세일즈맨이든 경찰이든 꽃이든 망치든 컴퓨터든/ 무엇이든 내게 와서/ 나의 떨리는 가슴에 온몸을 비벼다오/ 그와 한 몸이 되어/ 나도 그로부터 자유로운 利子가 되고 싶다.// 우리들은 모두/ 한 송이의 利子가 되고 싶다./ 나는 너의 利子가 되고 싶고/ 너는 나의 利子가 되고 싶다.// 우리들은 서로에게/ 꽃보다 아름다운 利子가 되고 싶다.

— 장경린, 「김춘수의 꽃」 전문

내가 그의 이름을 불러 주기 전에는/ 그는 다만/ 왜곡될 순간을 기다리는 기다림/ 그것에 지나지 않았다.// 내가 그의 이름을 불렀을 때/ 그는 곧 나에게로 와서/ 내가 부른 이름대로 모습을 바꾸었다.// 내가 그의 이름을 불렀을 때/ 그는 곧 내게로 와서/ 풀, 꽃, 시멘트, 길, 담배꽁초, 아스피린, 아달린이 아닌/ 금잔화, 작약, 포인세치아, 개밥풀, 인동, 황국 등등의/ 보통명사나 수명사가 아닌/ 의미의 틀을 만들었다.// 우리들은 모두/ 명명하고 싶어 했다./ 너는 나에게 나는 너에게./ 그리고 그는 그대로 의미의 틀이 완성되면/ 다시 다른 모습이 될 그 순간/ 그리고 기다림 그것이 되었다.

— 오규원, 「'꽃'의 패러디」 전문

두 편의 인용 시는 제목에서 인용 출처를 명확하게 밝혔기 때문에 '표절'이 아닌 '모방' 혹은 '패러디'임이 분명하다. 희화화와 메시지에 초점을 맞추어 보면 '모방'이라기보다 '패러디'에 더 무게를 둘 수 있다.

김춘수의 「꽃」을 '무의미 시'라고 분류하기도 하지만, 분명한 의미가 깔려 있다. 그 '꽃'은 '연인' 즉, '사랑하는 사람'을 의미함을 부인할 수 없다. 더 나아가 이름을 밝힐 수 없는 연인을 상징화했을 가능성이 농후하다. 장경린의 「김춘수의 꽃」은 노골적으로 "섹스"와 "이자"라는 언어를 채택하여 꽃을 희화화하였다. 오규원의 「'꽃'의 패러디」는 무의미와 상반된 "의미의 틀"을 두 번이나 시어로 채택한 것만 보더라도 세상의 모든 것이 '무의미'할 수 없음을 비틀면서, '무의미 시'라는 분류 자체를 비웃고 있음을 알 수 있다.

이처럼 패러디를 두고 표절이라 단정하거나 비판할 자는 없을 것이다. 패러디가 문학 작품의 창작적 영역에 속하기 때문이다. 그러나 패러디의 원작을 신동문, 장경린, 오규원처럼 명확히 밝혀야 표절의 의혹에서 벗어날 수 있다.

만일 창작자가 출처를 밝히지 않고 '패러디'라고 우긴다면 그것은 너무나 뻔뻔스러운 모습이다. 창작자는 늘 '출처의 윤리'라는 잣대를 스스로 들이대어야 한다.

4) 패스티시(pastiche)란

다른 작품으로부터 내용 혹은 표현 양식을 빌려 와 복제하거나 수정하여 작품을 만드는 것 또는 그 작품. 흔히 혼성모방으로 불린다. 패스티시는 일반적으로 다른 작품의 요소를 통일된 양식으로 재창조하지 않는 것, 즉 절충적인 작품에 대한 경멸적인 의미로 쓰인다. 패스티시는 흔히 패러디(parody)와 비교된다. 패러디는 다른 작품의 내용이나 양식을 빌리되 특정 의미를 표현하기 위한 목적의식을 갖고 있는 데 반해 패스티시는 목적의식 없이 다른 작품들의 요소를 단순 나열한다.

—《네이버 지식백과》에서

'패스티시'[15][이하 혼성모방(混成模倣)]란 무엇인가?

"혼성모방은 정당한 절차를 거치지 않고 남의 작품을 마음대로 도용하거나 표절해 오는 기법을 가리키는 용어가 아니라 작가의 상상력과 예술적 재능에 의하여 새로운 작품을 만들어 내는 수법이다."[16] 이것은 포스트모더니즘의 주요한 창작 기법 중 하나이다. '혼성모방'은 원작을 따오면서 비판이나 재해석이 거의 들어가지 않는다는 특징이 있다.

이 '혼성모방'은 1960년대 포스트모더니즘의 영향으로 문학을 비롯한 문화 전반에 하나의 창작 기법으로 녹아들었다. 아직 진행형이다. '혼성모방'은 풍자성을 배제한 모방 그 자체만을 채택하는 기법이다. 그래서 '혼성모방'을 '공허한 패러디(empty parody)'라고 일컫기도 한다.

혼성모방과 패러디를 명확하게 비교해 볼 필요성이 있다. 한남대 국문과 교수 신익호에 의하면 "전에는 몽타주나 콜라주 기법의 한 변형으로 다루어져 패러디와 거의 구분하지 않았지만, 장 보들리야르의 '시뮬레이션' 이론 등장으로 패러디와 구분하게 되었다."라는 대목이 있다. 이에 대한 부연 설명에 주목해 본다. "패러디는 한 텍스트의 일부나 전체를 대상으로 모방하지만, 혼성모방은 거의 여러 텍스트의 부분들을 뚜렷한 풍자나 비판, 유머 감각이나 미학적 변

15 간혹 '패스티쉬'라고 표기한 책과 인쇄물도 있으나, 외래어 표기법에 따라 '패스티시'로 표기한다.
16 김욱동, 『문학의 위기』, 문예출판사, 1993, 203쪽.

형 없이 그대로 차용하는 것이다. 패러디가 상호 텍스트성에 중점을 둔다면, 혼성모방은 상호문체 간의 관계를 유사성에 의해 특징짓는다. 따라서 혼성모방은 작품의 고유한 창작성이나 시인 의식을 중시하지 않고 단지 원텍스트를 그대로 복제하거나, 혹은 일부 선택·발췌하여 짜깁기하므로 주체성이 소멸된 채 반어적·유희적 어조로 희극성만 나타낸다."[17]라고 명확히 구분하고 있다.

때로는 '혼성모방'이 표절 의혹을 받기도 한다. 소설이나 희곡에서는 어느 정도 일반화되어 있어 표절 의혹이 일더라도 인용 출처를 밝혔거나, 사전 양해를 구했다면 별 문제가 되지 않지만, 인용 출처를 숨기거나 양해를 구하지 않았다면 문제는 심각해질 수 있다. 1990년대 이후 우리나라 문학, 특히 소설에서의 표절 시비가 '혼성모방'에 대한 오해이거나 '혼성모방'을 악용하는 행위 때문에 발생했다고 말하면 무리일까? 창작자는 '혼성모방'이라고 주장하고, 비평가는 '표절'이라고 비판한다. 그러나 명확한 것은 '인용 출처를 밝혔느냐', '밝히지 않았느냐'가 중요하다는 것이다. 인용 출처를 어떠한 방법으로든 밝혔다면 정당한 '혼성모방' 기법이므로 '표절'은 아니다. 하지만 '창작의 독창성' 문제에 직면하면 비판의 꼬투리를 제공하기도 한다.

운문에서는 인용 출처를 밝혔든, 밝히지 않았든 '혼성모방' 기법

17 신익호, 『현대문학과 패러디』, 제이앤씨, 2012, 33쪽.

을 정상적으로 적용한 작품이라 하더라도 창작의 '독창성' 문제에 봉착하면 '낡은 표현' 혹은 '시어의 긴장성 상실'이라는 한계에 부딪히고 만다. 그래서 '독창성'을 인정받기 어렵다. 운문에서는 낡은 표현보다는 시어의 긴장미를 중시하기 때문이다. 특히 신춘문예 당선작 중에 인용 출처를 밝히지 않아 표절 시비에 휩싸이면 당선 취소를 결정할 수밖에 없는 이유가 여기에 있다. 시인은 우연성이라고 우기더라도 여러 층위에서 표절 의혹이 있다면 독창성을 인정할 수 없다는 결론에 이르게 된다.

함민복 시집 『자본주의의 약속』(세계사, 1993)에 실린 시 「광고의 나라」가 혼성모방의 대표적 시라고 볼 수 있다. 다양한 광고와 이상의 시 「오감도」를 혼성모방한 시이다. 이를 읽어 본다.

광고의 나라에 살고 싶다
사랑하는 여자와 더불어
아름답고 좋은 것만 가득 찬
저기, 자본의 에덴동산, 자본의 무릉도원.
자본의 서방정토, 자본의 개벽사상 —

인간을 먼저 생각하는 휴먼테크의 아침 역사를 듣는다. 르네상스
리모컨을 누르고 한 쪽으로 쏠리지 않는 휴먼퍼니처 라자 침대에서

일어나 우라늄으로 안전 에너지를 공급하는 에너토피아의 전등을 켜고 21세기 안전과 기술의 만남 테크노피아의 냉장고를 열어 장수의 나라 유산균 불가리~스를 마신다 인생은 한 편의 연극.

누군들 드라마의 주인공이 되고 싶지 않을까 사랑하는 여자는, 드봉 아르드포 메이컵을 하고 함께 사는 모습이 아름답다 꼼빠니아 패션을 입는다 간단한 식사 우유에 켈로그 콘프레이크를 먹고 가슴이 따뜻한 사람과 만나고 싶다는 명작 커피를 마시며 어떤 두려움이 닥쳐도 할말은 하고 쓸 말은 쓰겠다는 신문을 뒤적인다 호레이 호레이 투우의 나라 쓸기담과 비가 와도 젖지 않는 협립우산을 챙기며 정통의 길을 걸어온 남자에게는 향기가 있다는 리갈을 트럼펫 소리에 맞춰 신을 때 사랑하는 여자는 세련된 도시감각 영에이지 심플리트를 신는다 재미로 먹는 과자 비틀즈와 고래밥 겉은 부드럽고 속은 질긴 크리넥스 티슈가 놓여 있는, 승객의 안전을 먼저 생각하는 제3세대 승용차 엑셀을 타고 보람차고 알찬 주말을 함께하자는 방송을 들으며 출근한다.

제1의 더톰보이가 거리를 질주하오

천만번을 변해도 나는 나

제2의 아모레 마몽드가 거리를 질주하오

나이 삶은 나의 것

제3의 비제바노가 거리를 질주하오

그 소리가 내 마음을 두드린다

제4의 비비안 팜팜브라가 거리를 질주하오

매력적인 바스트, 살아나는 실루엣

제5의 캐리어쉬크 우바가 거리를 질주하오

오늘 봄바람의 이미지를 입는다

제6의 미스빅맨이 거리를 질주하오

보여주고 싶다 새로운 느낌 새로운 경험

제7의 라무르 메이크업이 거리를 질주하오

사랑은 연두빛 유혹

제8의 주단학세랙션이 질주하오

나의 색은 내가 선택한다

제9의 캐리어가 거리를 질주하오

남자의 가슴보다 넓은 바다는 없다

제10의 마리떼프랑스와저버가 거리를 질주하오

거침없는 변혁의 몸짓

제11의 파드리느가 거리를 질주하오

지금 그 남자의 지배가 시작된다

제12의 르노와르 돈나가 거리를 질주하오

오늘, 이 도시가 그녀로 하여 흔들린다

제13의 피어리스 오베론이 거리를 질주하오

살아 있는 것은 아름답다.

자연은 후손에게 물려줄 유산이 아니라 후손에게 차용한 것이라고 말하는 공익광고 협의회의 저녁 뺨에서 행굼까지 사랑이란 이름의 히트 세탁기를 돌리고 누가 끓여도 맛있는 오뚜기 라면을 끓이려다가 지방은 적고 단백질이 많은 로하이 참치를 끓인다 그리운 사람에게 사랑이란 말은 더 잘 들리는 하이폰 전화 몇 통 식후 은행잎에서 추출한 혈액순환제 징코민 한 알 미련하게 생긴 사람들이 광고하는 소화제 베아제 광고가 나오는 대우 프로비젼 티브이를 끄고 백년도 못 살면서 천년의 고민을 하는 중생들이 우습다는 소설 김삿갓 고려원을 읽다가 많은 분들게 공급하지 못해 죄송하다는 썸씽스페셜을 한잔 하고 그의 자신감은 어디서 오는가 패션의 시작 빅맨을 벗고 코스모스표 콘돔을 끼고 잠자리에 든다

아아 광고의 나라에 살고 싶다
사랑하는 여자와 더블어
행복과 희망이 가득 찬
절망이 꽃피는, 광고의 나라

— 함민복, 「광고의 나라」 전문

인용 시에 대해 신익호 교수는 "현대 산업 사회에서 대중매체를 통해 홍수를 이루는 다양한 광고 문구와 이상 시인의 「오감도」를 혼성모방하여 쓴 광고시이다."라고 밝혔다. 또한, "이상의 「오감도」

형태를 변용 차용한 것은 유명세에 편승해 광고의 위력을 극대화시키면서 문화 상품에 현혹되고 물질에 종속되는 현대 사회의 풍조를 비판하기 위한 장치라 할 수 있다."[18]라고 보았다.

5) 상호텍스트성(intertextuality)이란

소설론에서 그 개념은 다성적 소설에 관한 미하일 바흐친의 논의 속에서 가장 잘 드러난다. 바흐친은 소설의 언어를 시의 언어, 그중에서도 특히 서정시의 언어와 근본적으로 구별되는 것으로 생각한다. 그에 따르면 시인은 어떤 일관된 개성적 스타일을 지닌 그 자신의 목소리로 말하는 것으로 여겨지지만, 소설은 모든 다양한 형태의 담론 양식으로 구성되어 있으며, 그중의 어떤 것도 반드시 작가의 것으로 귀속되는 것은 아니다. 소설은 이러한 다양한 담론 양식들을 표현의 수단으로서뿐만 아니라 대상으로 다룬다는 점에서 적극적인 의미에서의 상호 텍스트적이라고(실제로 바흐친은 이러한 용어를 사용하지 않았지만) 할 수 있다. 소설에서 언어 이미지들이 지닌 필연적인 한계나 특성들은 작가가 그것들과 '대화하는' 방식에 의해, 다시 말해 작가가 그 자신의 가치 평가적인 중심으로부터 그것들과 다양하게 거리를 두는 장치를 통해서 드러난다. 바흐친에 의하면 소설을 하나의 장르로서 특징지어 주는 것은 적극적인 상호텍스트

18 신익호, 앞의 책, 47~48쪽.

성의 이와 같은 특수한 유형이다.

—《네이버 지식백과》에서

[한겨레] 신문의 최재봉 기자는 '문학적 리믹스 창작과 표절의 경계를 묻다'라는 기사에서 "'헬레네 헤게만'이라는 1992년생 작가의 소설 『아홀로틀 도마뱀 로드킬(Axolotl Roadkill)』"에 대해 언급하면서 "독일 문단이 열일곱 살짜리 소녀 작가의 데뷔작을 둘러싼 표절 논란으로 후끈 달아오르고 있다."라고 밝힌 뒤, 그 배경과 '헬레네 헤게만'이 주장한 '상호텍스트성(intertextuality)'에 대해 설명하였다. 그 기사의 일부를 읽어 보면 이해가 쉬울 것이다.

…

한 블로거가 헤게만의 소설이 '아이렌'이라는 필명을 쓰는 다른 작가의 소설 「슈트로보」와 그의 블로그 글에서 여러 군데를 베껴 왔다는 사실을 폭로하면서 표절 논란이 불거졌다. 표절은 단어와 구절 차원만이 아니라 때로는 한 페이지 전체를 가져다 쓰는 식으로 매우 과감하게 이루어졌다. 문제가 불거지자 헤게만은 자신의 행위를 '상호텍스트성(intertextuality)'이라는 문학 용어로 정당화했다. 그는 "많은 예술가들이 이 기법을 사용한다."며 "다른 작가의 텍스트 일부를 내 작품에 유기적으로 포함시킴으로써 나는 그 작가와 대화하고 있는 것"이라고 주장했다. 그는 언론 발표문을 통해 "독창적인 것이란 없다. 있다면 진정성뿐"이라는 말로 자신의 소설을 옹호했다.

…

문제가 수그러들지 않자 헤게만과 출판사 울슈타인은 이 책의 4쇄부터는 아이렌은 물론 미국 소설가 케이시 애커와 영화감독 짐 자무시 등 소설에 인용된 글의 원저자들 명단을 밝히기로 했다. 헤게만은 "처음부터 출처를 밝히지 않은 것은 불찰"이라면서도 표절 논란이 계속 이어지는 데 대해서는 "도대체 왜 이 난리들인지 모르겠다."는 반응을 보였다.

'표절'을 바라보는 헤게만의 태도는 소설에서도 엿볼 수 있다. 에드몬트라는 작중 인물은 "여기 베를린은 모든 게 서로 뒤섞이는 곳"이라며 "나는 내게 영감과 아이디어를 주는 거라면 뭐든지 가져다 써. 영화든 음악이든 책이든 그림이든 소시지에 관한 시든 사진이든 대화든 꿈이든 뭐든 … "이라고 말한다. "그럼 그게 네 게 아니란 말야?"라는 친구의 질문에 그는 "그래. 어떤 블로거의 거야."라고 답한다. 헤게만이 블로거 아이렌의 글을 가져다 쓴 정황을 담은 셈이다. 사실은 "여기 베를린은 모든 게 서로 뒤섞이는 곳"이라는 문장 역시 아이렌의 블로그에서 가져온 것이다.

이 소설이 다음 주에 열리는 라이프치히 도서전에서 주요한 문학상을 받을지도 모른다는 사실은 표절 논란을 문학적 논쟁으로 끌어올리고 있다. 도서전 문학상의 한 심사위원은 "예심 심사 전에 이미 표절 사실을 알고 있었다."는 말로 표절 논란이 심사에 별 영향을 주지 않았음을 시사했다. '표절'을 하나의 기법이라 주장한 헤게만의 논지를 받아들인 셈이다. 실제로 문단 안팎에서는 헤게만의 소설을 새로운 세대의 출현에 대한 증거로 보는 시각도 만만치 않다. 인터넷에 온갖 정보와 텍스트가 널려 있는 시대에 전통적인 의미의 저작권이 설 자리는 좁아질 수밖에 없다는 것이다. 스스로를 클럽 디제이에 견주는 헤게만의 '문학적 리믹스'는 창작과 표절의 경계를 다시 묻게 만든다.

— [한겨레], 2010.3.11.

그로부터 7개월 후, [한국일보] 이성훈 기자의 기사를 읽어 보면, '헬레네 헤게만'의 견해를 알 수 있다. [한국일보]가 이 소설을 한국어로 번역한 소설가 배수아의 도움을 받아 '헬레네 헤게만'과 이메일로 인터뷰를 했다. 그중 '표절'과 '상호텍스트성'이라는 용어에 대한 견해를 밝힌 부분만 읽어 본다.

— 이 소설을 둘러싼 표절 논란에 대한 정확한 입장을 듣고 싶다.

"여기서 '표절'이라는 단어를 쓰면 안 된다. 내가 이미 발표된 문장들을 변형해 인용한 방식은 지난 500년 간 발표된 무수한 소설들에 비춰볼 때 전혀 별난 일이 아니기 때문이다. (표절 논란 이후 이 소설

개정판에 수록한) 인용문 출처 목록에는 이런 문장도 있다. '무슨 소리야, 난 너무 흥분돼서 죽겠단 말이야!' 이 문장이 목록에 들었다고 해서 내가 이런 말을 한 번도 한 적이 없다는 건가, 만약 했다면 이 문장은 목록에서 빠져도 된다는 건가. 나는 아이렌을 매우 뛰어난 작가라고 보지만, 그 역시 다른 작가들의 글을 다수 인용했다. 그러므로 텍스트의 진짜 작가가 누구인가에 대한 질문은 그 자체에 답이 있다고 할 수 있다. 그는 '조립된' 인물이다."

— [한국일보], 2010.10.31.

이 같은 헬레네 헤게만의 입장에서 말한 "내가 이미 발표된 문장들을 변형해 인용한 방식은 지난 500년 간 발표된 무수한 소설들에 비춰볼 때 전혀 별난 일이 아니다."라는 주장은 나름대로 일리가 있다. 하지만 "왜, 하필 나야!" 혹은 "왜, 나만 가지고 그래!"라는 푸념으로 다가온다. 이 대목에서 가장 잘 어울리는 말이 무엇일까?

『명심보감』 '성심편'의 "부정을 저지르고 도둑질하는 사람이 천하에 가득하건만, 죄는 박복한 사람에게만 걸린다.(贓濫이 滿天下하되 罪拘薄福人이니라.)"라는 말이 가장 잘 어울릴 것 같다. 헬레네 헤게만은 아직 어리기 때문에 이런 인생의 이치를 알 리가 없다. 500년 동안 무수히 많은 작가나 시인이 저지른 잘못을 왜 나에게만 걸고넘어지느냐? 하고 항변할 태세이지만, 그 마음을 충분히 이해할 수 있을 것 같다.

그러나 글 도둑질하는 사람들이 무수히 많다 하더라도 인생을 살 만큼 산, 등단 30년을 넘긴 시인이 표절을 자행해 놓고, 평론가가 표절 의혹을 제기하자, "왜, 하필 나야!" 혹은 "왜, 나만 가지고 그래!"라고 말하고 다니는 꼴을 보고 있노라면 한심하기 짝이 없다. 양심에 털 난 사람의 전형적인 모습이다. 이들은 염치도 없고, 부끄러움도 모른다.

이런 양심에 털 난 표절자의 글을 읽어 보면, 마치 천 년을 살 것처럼 말한다. 『명심보감』 '존심편'의 "사람은 백 살 사는 사람이 없건만, 헛되이 천 년의 계획을 세운다.(人無百歲人이나 枉作千年計니라.)"를 알고는 있을 것이다. 만일 이 말을 가슴에 새겨 놓았다 하더라도 이런 부류의 사람은 양심에 털이 박혀 비도덕 가치를 더 중시한다. 한 마리 미꾸라지와 같은 존재이다.

2. 문학과 윤리, 출처의 윤리

1) 문학과 윤리

懼法朝朝樂이오 欺公日日憂이니라.
"법을 두려워하면 아침마다 즐겁고,
나라의 일을 속이면 날마다 근심한다."

—『명심보감』 '존심편'에서

(1) 문학 창작 기법과 기교 면에서의 윤리

'윤리'와 '도덕'이라는 말의 차이점이 있을까? 《표준국어대사전》에서는 '윤리(倫理)'를 "사람으로서 마땅히 행하거나 지켜야 할 도리"라고 정의하고 있다. '도덕(道德)'을 "사회의 구성원들이 양심, 사회적 여론, 관습 따위에 비추어 스스로 마땅히 지켜야 할 행동 준칙이나 규범의 총체. 외적 강제력을 갖는 법률과 달리 각자의 내면적 원리로서 작용하며, 또 종교와 달리 초월자와의 관계가 아닌 인간 상호 관계를 규정한다."라고 정의하면서 비슷한 말이 '인의(仁義)'라고 명시하고 있다. 이 '인의'는 "사람으로서 마땅히 지켜야 할 도의"라는 뜻이다. 결국, 사전적 의미로 '윤리'와 '도덕'은 비슷한 말임을 알 수 있다.

인간은 '윤리'와 '도덕'이라는 규범을 지키는 것을 가치 있는 일이라 여긴다. 인간의 생각은 규범을 지키는 것을 당연하게 여기지만, 정작 행동은 따로 놀기도 한다. 삶에 있어 '윤리'와 '도덕'이라는 규범이 없다면 인간은 동물과 다를 바 없다. 인간도 동물적 본능이 내재해 있어 '윤리'와 '도덕'만으로는 인간의 본능과 충동적 행동을 통제할 수 없다. 인간은 '질서' 수준의 윤리와 도덕이라는 선을 쉽게 넘기도 한다. 그래서 그보다도 더 강력한 규제를 요하는 '규범적 윤리와 도덕'을 장치해 놓기도 한다. 나아가 더 이상 넘지 말라는 의미에서 '법'을 만들어 규제한다.

'윤리'와 '도덕'은 이성적 규범이지만, 추상적·이상적 요소가 강해 인간의 다양한 사고(생각)와 사유를 모두 빨아들이지 못한다. 그러다 보니 그 다양성을 억지로 담아내더라도 용광로처럼 용해하지는 못한다. 달리 보면 사고의 다양성을 빨아들이지 못하거나 용해하지 못하는 것이 아니라, 인간의 이성이 '윤리'와 '도덕'이라는 놈을 거부하고 있는 것일 수도 있다. 이를 거부하는 자들이 너무 많다 보니 가치 있는 '규범적 윤리와 도덕'이 허물어지는 사태에 이르기도 한다. 그래서 인간은 더 강도 높은 '법'이라는 이성적 규제를 만든다.

오늘날 가장 아름답고 자유스러워야 할 문예 창작 활동의 기법과 기교면에서 '윤리'와 '도덕'을 거부하는 자가 많아지다 보니 '저작권법'이 탄생하게 되었다. 이렇게 법으로 규제하고 있음에도 표절 논란은 끊임없이 발생한다. 아마도 현행 저작권법이 민법상의 문제 해결만을 담고 있기 때문이라는 추측도 해 본다.

우리는 『명심보감』 '존심편'의 "법을 두려워하면 아침마다 즐겁고, 나라의 일을 속이면 날마다 근심한다.(懼法朝朝樂이오 欺公日日憂이니라.)"라는 말을 늘 상기할 필요가 있다. 조금은 불편하더라도 법과 질서를 지키면 오히려 마음이 편하지만, 이를 어기면 왠지 불편한 마음이 들기 마련이다. 꺼림칙한 일은 스스로 피하는 것이 상책이다.

(2) 문학 내용 면에서의 윤리

디지털시대에 계몽문학과 같은 사회적 기능을 중시하는 문학 작품을 추구한다면 그것이 문학일까? 다시 말해 문학의 내용 면에서 윤리와 도덕의 방향성을 제시하는 기능을 담당한다면 그것이 문학일까?

우리나라 개화기에는 신문학이라고 불리는 문학 작품이 국민 계몽적 역할을 했다. 독재 시대에는 체제 유지를 위해 문학의 기능을 의도적으로 악용하기도 했다. 심지어 작가 스스로 그 독재 체제의 의도를 받들어 체제 유지에 적합한 윤리와 도덕, 기득권에게 유리한 윤리와 도덕을 문학 작품에 심어 놓고 정치적 목적을 달성하는 일에 앞장서기도 했다. 한마디로 독재 체제를 찬양한 작품이라고 말할 수 있다. 그런 작가와 작품을 직접 언급할 필요는 없을 것 같다. 체제 유지를 위해 도구화·목적화·이념화한 문학 작품은 국민 정서에 다양성보다는 편협성을 심어 놓았다. 그런 작가를 일컬어 '의도하지 않은 범죄자' 혹은 '독재 동조자'라고 비판한다면 무리일까?

그러나 그 살벌한 독재 체제가 만들어 낸 윤리와 도덕에 저항한 문학 작품도 끊임없이 등장했다. 이것이 장 폴 사르트르가 말한 '앙가주망 문학(engagement literature)', 즉 '참여문학'이다. '참여문학'은 문학을 도구화·목적화·이념화한다. 불합리한 사회와 타협하지 않고, 그 부당함을 비판하고 견제하는 목적의식이 짙기 때문에 흔히 진보적 가치를 중시한다고 분류한다.

그 반면에 '순수문학'은 문학을 도구화·목적화·이념화하는 것에 반대한다. 사회 현상과 단절을 꾀하며 그 사회 현상으로부터 간섭마저도 거부한다. 오로지 문학 작품 자체에 목적을 두고 예술의 순기능적 역할만을 고집하기 때문에 흔히 보수적 가치를 중시한다고 분류하기도 한다. 그렇다고 순수문학의 내용이 사회의 불합리와 타협한다거나, 그 부당함을 무조건 외면한다고만 주장할 근거는 아무데도 없다. 순수문학의 내용을 들여다보면 불합리한 사회의 현상과 시대 상황을 꼬집거나 비틀기도 하기 때문이다.

다양성의 문화 속에서 살아가는 현시대의 시각에서 보면, '계몽문학'처럼 국민 계도를 목적으로 하는 문학의 시대는 이미 끝났다. 그리고 '참여문학'처럼 문학이 지닌 비판의식과 견제 능력을 너무 많이 발휘해도 거부감이 들 수 있다. '순수문학'처럼 사회 비판이나 견제를 외면하거나 거부한다면 그 내용이 고리타분할 수도 있다. 문학이 윤리와 도덕이라는 잣대로는 측량할 수 없는 인간의 정신세계와 밀접한 관련이 있기 때문이다. 만약 우리 문화의 다양성을 거부하는 문학 작품이 존재한다면 현시대의 윤리와 도덕적 가치를 부정하는 편협한 작품이라고 단정하여 말할 수 있을 것 같다.

(3) 표절을 멀리하자

지금은 책을 손바닥에서 읽을 수 있는 시대이다. 스마트폰, 태블릿 PC 등 휴대용 정보통신기기를 열면 무료 혹은 유료로 손쉽게 전자책을 접할 수 있고, 원하는 문학 작품을 읽을 수 있다. 그러나 대부분의 사람은 문학 작품을 읽기보다는 게임을 즐기거나 동영상을 본다. 그리고 SNS (Social Networking Service)에 열중한다. 혹여, 문학 작품을 비도덕적이고 비윤리적인 산물이라 여기고 읽기를 거부하는 것은 아닐까? 만일 그렇다면 정당하게 돈을 지불하고 시집이나 에세이집을 사 읽기를 거부하는 이유가 바로 여기 있다고 단정할 수 있다. 이미 시집이나 에세이집은 얻어 읽는 책으로 전락한 지 오래이기 때문이다.

표절이라는 비윤리적인 산물로 전락한 문학 작품을 더는 생산해내지 않기를 기대한다. 오늘날 식수로 사용하는 우물에서 악취가 나면 그 우물을 퍼내거나 소독약을 넣는다. 심지어 깨끗한 약수터에서 길어온 물마저도 정수기에 거른 후 마시는 시대에 살고 있다. 이 정수기 기능처럼 도덕 불감증에 오염되어 악취가 풀풀 나는 문단을 정화할 시기가 된 것 같다.

문인이여, 비윤리적이고 비도덕적인 표절 행위를 멀리하고, 국민 정신세계를 아름답게 구현해 나가기를 간곡히 당부한다.

2) 출처의 윤리

景行錄에 云하되 知足이면 可樂이오 務貪則憂이니라.

"족한 줄 알면 가히 즐겁고, 탐욕에 힘쓰면 근심이 생긴다."

—『명심보감』 '안분편'에서

(1) 들어가기

1994년 전여옥의 산문집 『일본은 없다』(지식공작소, 1993)가 표절이라는 의혹이 제기되었다. 2012년 18년 만에 대법원 판결에 의해 표절이라 결론이 났고, 논란의 종지부를 찍었다. 1994년 재일 언론인 유재순은 "반이 내 원고"라고 주장했지만, 전여옥은 전면 부인해 왔었다. 이 책의 출간 이듬해 [여성신문]이 1994년 9월 23일 자에 표절 의혹을 최초 보도했다. 그동안 전여옥은 부인했으나, 2012년 대법원에서 "유재순의 취재 내용과 초고 및 아이디어 등을 무단으로 사용한 사실이 인정된다."라고 판결함으로써 작가로서의 도덕성과 진정성에 치명적인 결과를 가져왔다.

— [여성신문] 기사 요약

이처럼 표절이 사회의 병폐로 자리매김하고 있는 시대에 우리는 살고 있다. 심지어 문단에서는 '표절'과 같은 도덕적 해이를 당연시하는 이상한 풍토가 조성되어 있다. 이름난 시인 교수가 제자의 시를 도작하여 시집에 수록하는 풍토, 베스트셀러 작가마저 인용 출처를 밝히지 않고 남의 창작물을 짜깁기하는 풍토, 등단 30년이 넘은 작가나 시인마저도 뻔뻔스럽게 표절을 자행해 놓고, 오리발을 내밀며 독자를 속이는 풍토가 만연하다.

이 세상에서 가장 아름다워야 할 문학 작품이 비도덕적 산물로 전락해 버리기도 했다. 작가의 명예욕을 충족하기 위한 열등감의 산물로 전락해 버렸다. 이 열등감은 욕심과 허영의 싹을 틔우기 마련이다. 즉, '표절' 행위는 어떠한 변명으로도 해명할 수 없는, 창작자의 열등감이 싹을 틔운 욕심과 허영의 산물이다. 독자가 책을 멀리하는 이유 중 하나일 수도 있다. 인간 정신세계를 맑고 밝게 선도해 나가야 할 문학 작품이 표절이라는 퇴행적 행위 때문에 몸살을 앓고 있다. 문학이 스스로 미적 추구의 본령을 망각하고 도덕 불감증 시대를 앞당겨 열어 놓은 것은 아닐까?

(2) 표절 성립 요건

"표절이냐, 아니냐?"라는 문제는 한마디로 '출처의 윤리' 문제이다. 즉, '표절'이란 출처를 "밝혔느냐", "밝히지 않았느냐"가 문제의 핵심이다. 출처를 밝혔다면 윤리적으로나 법적으로나 아무런 문제가 없다. 다시 말해 문제가 불거질 이유가 없다. '출처의 명시'야말로 원저작자의 '권익 보호'와 창작자의 '표현의 자유'라는 두 마리 토끼를 다 잡을 수 있는 요건이기 때문이다.

'표절'이라는 개념은 윤리적·도덕적 기준이 강하다. 사전적 의미에 내포된 핵심은 '몰래 따다 쓰는 행위'이다. 즉, '도둑질'이다. 그래서 문학 작품이나 논문 등의 표절 행위를 두고 '글 도둑질'이라고 비난한다. 나아가 '남의 영혼을 훔치는 자'라고 비틀기도 한다. 창작자의 영혼을 불어넣은 것이 창작물이기 때문이다.

'표절'의 성립 요건은 간단하다. 남의 창작물을 베껴 인용 출처를 밝히지 않고 발표하면 성립한다. 물론 의도하지 않은 단순 오류인 경우도 있다. 그런 경우 대부분 누가 봐도 단순 오류임을 알 수 있어 표절 혐의를 충분히 벗을 수 있다.

남의 창작물을 베껴 인용 출처를 밝히지 않은 상태에서 자신의 창작품인 양 속여 경제적 이득을 취하였다면 민·형사상의 책임을 져야 하는 범법 행위가 성립한다. 이때는 표절의 하위 행위인 '도용' 혹은 '도작'이라는 말을 표면에 내세우는 것이 더 잘 어울리기도 한다.

(3) 출처를 밝히지 않아 신춘문예 당선 취소

2003년 [동아일보] 신춘문예 문학평론 당선작 한민주의 「식(食)의 정치학, 우주적 상상력－천운영론」이 인용 출처를 밝히지 않아 표절 시비가 일었고, 마침내 [동아일보]는 다음과 같은 내용을 사회면에서 밝히면서 당선을 취소했다.

> 문학평론 부문 심사위원인 최원식 교수(인하대)는 작품 발표 후 인터넷 등을 통해 일부 대목에 대한 표절 시비가 제기되자 이를 재검토해 "전체적인 논지는 새롭지만, 부분적으로 인용을 밝히지 않은 것은 변명의 여지가 없다."고 밝혔다. 한 씨는 본사에 보내온 '당선 취소 인정서'에서 "작품에 인용한 다른 평론가의 기발표작에 대한 출처를 밝히지 않았다는 점을 뒤늦게 알게 됐다."며 당선 취소 결정을 수용했다.
>
> ― [동아일보], 2003.1.20.

단순 오류라고 유연한 결과를 내세울 수도 있었다. 그러나 "전체적인 논지는 새롭지만, 부분적으로 인용을 밝히지 않은 것은 변명의 여지가 없다."라며 최원식 교수는 가혹하리만큼 냉철했다. 당선자가 어떠한 변명을 해도 인용 출처를 밝히지 않은 것은 분명한 사실이므로 "변명의 여지"를 주지 않았다.

이에 당선자는 비록 "뒤늦게 알게 됐다."라는 단서를 달았지만, 출처를 밝히지 않았던 점을 인정했고, 그 이유로 당선 취소를 수용했던 것이다.

(4) 표절은 허영이다

1920년대에는 지금의 '저작권법'과 같은 저작자의 권익을 보호하는 법은 없었지만, '표절'이라는 개념은 존재했다. 그때도 표절이 비도덕적 행위라서 비판의 대상임은 물론 손가락질의 대상이기도 했다.

이영아(명지대) 교수는 [중앙일보]의 '표절 혹은 허영'이라는 글에서 1920년대에 염상섭이 표절자와 표절을 신랄하게 비판한 글을 인용하여 되새기며, 2012년 총선을 앞두고 정치판에 불거진 논문 표절 행위를 비틀었다.

"번역이면 모역이라고 명기하여야 할 것이오, 서명하에 명기하지 않을 이유도 없거니와 만일 명기치 않으려면 본문 서두에라도 기지

(其旨)를 표명하여야 할 것이다. 그러나 철두철미 자기의 논문인 듯 싶이 발표하였다. 혹은 개작이나 초역(抄譯)인가 하여 원문과 상조(相照)하여 보았으나 그렇지도 않다. 추자역(追字譯)일 뿐 아니라 원문 중에 번역인 것이 탄로될 듯한 점은 임의로 고친 부분이 눈에 띈다 … 그 심사(心事)가 가증하기로 ….”(염상섭, '만인(萬引)', 동아일보, 1927. 5.9.~10.)

염상섭은 위와 같은 칼럼을 통해 일본의 문호(文豪) 아리시마 다케오의 '신구예술의 교섭'이라는 논문을 표절한 한 평론에 대해 신랄한 비판을 했다. 그는 표절자가 표절임을 은폐하기 위해 의도적으로 원문을 고친 부분을 구절구절 대조해 보여줘 가면서 이를 밝혔다. … 이러한 표절 행위를 염상섭은 “약혼은 해놓고 혼비(婚費)는 없고 능라주의는 입고 싶고 하니까 시내 각 상점에서 혼인제구 일습을 금반지·금시계까지 만인(萬引)”하는 것과 마찬가지라고 말했다. 그리고 그러한 “허영은 생활의 파괴자다.”라고 역설(力說)하였다.

— [중앙일보], 2012.4.26.

이처럼 1920년대나 지금이나 '표절'은 비도덕적 행위임이 분명하다. 이영아 교수는 “쓸 수 없으면 쓰지 말아야 한다. 본인의 힘으로 논문을 쓸 능력이 안 되는 사람들이 학위나 연구 실적에 욕심을 내선 안 된다. 그처럼 분수에 넘치는 욕심에 의해 저지르는 표절 행위가 결국 '생활을 파괴하는 허영'일 뿐임을 직시해야 한다.”라며 정치

권의 논문 표절을 빗대어 꼬집고 비틀었다. 굳이 논문 표절자의 이름을 밝히지 않았지만, [중앙일보]에 '표절 혹은 허영'이라는 제하의 글만으로도 충분히 무게가 있었다.

(5) 나가기

'표절'이란 인간의 열등감이 빚어낸 욕심과 허영심 때문에 발생하는 나쁜 행위이다. 실력이 없거나 자격이 없는 자가 작가나 시인 직함을 얻은 뒤, 그 직함을 유지하려고 표절 행위를 자행하는 사례도 있다. 열등감이 검은손을 내밀어 껍데기에 불과한 명예욕을 충족하고자 수단과 방법을 가리지 않고 남의 작품을 베낀다. 그 결과물이 표절작이다.

자신 안의 열등감을 잠재우지 못하면 욕심과 허영심이 고개를 내밀어 작가나 시인으로서 치명타를 입을 수 있다. 나아가 인생을 망쳐 놓을 수도 있다. 이 같은 열등감을 경계하지 않으면 표절의 유혹에 빠질 수 있다. 열등감을 훌훌 털어 버려야 독자에게 감동을 줄 작품을 쓸 수 있음을 늘 상기하면 좋겠다.

『명심보감』 '안분편'의 "족한 줄 알면 가히 즐겁고, 탐욕에 힘쓰면 근심이 생긴다.(景行錄에 云하되 知足이면 可樂이오 務貪則憂이니라.)"라는 말을 되새겨 봄이 좋을 듯하다.

3) '차용'에 대한 오해와 진실[19]

흔히 '차용'을 말할 때, 인용 출처를 밝히지 않았을 경우 '도용'이라고 몰아붙인다. 또한, 몰래 '차용'해 놓고 마치 자신이 '창작'한 것인 양 발표하는 행위를 '도작'이라고 무섭게 표현하기도 한다. '도용'과 '도작'이라는 말은 '표절'의 하위 행위이다. 즉, '도용'과 '도작'이라는 행위의 상위 개념이 '표절'이다.

너 거기 있고
나 여기 있고

거기와
여기

얼마만 한
거리인가

아득히
출렁거린다
말없는
푸른 생애

— 하순희, 「바다의 묵시록」 전문[20]

19 《오륙도문학》(2010)에 발표한 후, 제2평론집 『비평의 수평과 지평』(정인, 2012)에 수록했던 글이다. 이번 제4평론집 『출처의 윤리』 주제와 연계하여 일부를 삭제한 후, 재편집했음을 밝힌다.

20 2003년 《시조세계》 겨울호에 발표된 하순희(경남 마산)의 시조이다.

초장의 "너 거기 있고/ 나 여기 있고"와 중장의 "거기와/ 여기"에 주목해 본다. 차용에 대한 진실과 오해를 밝히는 일은 쉽지 않다. 2006년도에 관객 천만 명을 돌파한 영화 〈왕의 남자〉가 "나 여기 있고 너 거기 있지."라는 대사 때문에 연극 〈키스〉와 표절 공방을 벌였다. 연극 〈키스〉는 1996년 11월에 희곡이 완성되어 이듬해 첫 무대가 올랐고, 영화 〈왕의 남자〉는 2005년 12월 29일에 개봉했다. 그렇다면 이 시는 연극 〈키스〉에서 차용한 것일까?

희곡 「키스」를 쓰고 무대에 올린 한국예술종합학교 윤영선(1954~2007) 교수가 영화 〈왕의 남자〉 제작사와 이준익 감독을 상대로 영화 상영 금지 가처분 신청을 냈다. 영화 초반부에서 한양으로 향하던 공길과 장생이 장님놀이를 하며 "나 여기 있고 너 거기 있지."라는 말을 주고받는 대목과 마지막 장면에서 광대들과 걸으며 공길과 장생이 "이봐, 나 여기 있고 너 거기 있어?", "아, 나 여기 있고 너 거기 있지."라고 주고받는 대사가 문제였다.

윤 교수는 연극 〈키스〉 1막에서 남녀 주인공이 첫 대사부터 "나 여기 있어."라며 주고받고, "나 여기 있고 너 거기 있어."라는 대사가 주를 이룬다고 주장했다. 〈왕의 남자〉는 연극 〈이(爾)〉가 원작이다. 원작자 김태웅 교수는 "윤 교수에 대한 오마주(hommage)[21] 차원

21 오마주(hommage): 영화에서 존경의 표시로 다른 작품의 주요 장면이나 대사를 인용하는 것을 이르는 용어. 프랑스어로 존경, 경의를 뜻하는 말이다. 영화에서는 보통 후배 영화인이 선배 영화인의 기술적 재능이나 그 업적에 대한 공덕을 칭찬하여 기리면서 감명 깊은 주요 대사나 장면을 본떠 표현하는 행위를 가리킨다. (출처: 《네이버 지식백과》)

에서 대사를 차용한 것이고, 연극 〈이〉를 집필할 때는 물론 영화화할 때에도 윤 교수에게 사전 양해를 구했다."라고 입장을 밝혔지만, 판결문에는 2005년 공연 팸플릿 중 '밝혀 두기'란에 "극 중 등장하는 장님놀이의 일부는 〈키스〉의 일부를 허락 없이 오마주한 것이다."라고 기재했던 사실과 영화가 개봉한 뒤 라디오 방송을 통해 밝힌 것이 판시되었다. 결국, 사전 양해가 아닌 사후에 양해를 구한 사실이 밝혀진 셈이다.

서울고법이 양쪽의 "나 여기 있고 너 거기 있지."라는 대사는 실질적인 유사성이 없다고 판단하고, 저작권을 침해한 것이 아니라고 판결함으로써 표절 시비는 종결되었다. 재판부는 결정문에서 "저작권법의 보호를 받기 위해서는 창작성이 있는 표현에 해당해야 하지만, 영화 〈왕의 남자〉 대사는 일상생활에서 흔히 쓰이는 표현으로 저작권법에 의해 보호받을 수 있는 창작성 표현이라고 볼 수 없고, 시(詩) 등 다른 작품에서도 유사한 표현들이 자주 사용되고 있음을 알 수 있다."라고 판시했다. 여기서 "시 등 다른 작품"이라는 말에 주목해 보면 「바다의 묵시록」을 비롯한 여러 시편이 판결에 영향을 미친 듯하다. 그러나 판결문에서 시 제목을 밝히지 않아 누구의 시를 지칭한 것인지 불분명하고, 그 시 또한 차용 가능성이 있을 것인데 이를 등한시한 듯하다.

시 「바다의 묵시록」은 연극 〈키스〉에서 차용했거나, 일상생활에서 흔히 쓰이는 표현을 시화한 것일 수도 있다. 그것은 시인 자신만이 아는 문제이다. 이 시의 초장과 중장에 자꾸 시선이 머문다. 인용 출처를 밝힌다면 차용은 문학에서 인정하는 범위에 속하므로 문제될 일은 아니다. 그러나 모든 예술 창작물은 표절과 모방이라는 오해의 시선으로부터 자유롭지 못하다.

4) '차용' 출처를 밝힌 시 읽기[22]

— 황지우와 박남철

시 속에 차용 출처를 밝힌 시도 있다. 엄격하게 말하면 패러디한 시이다. 1980년대 황지우가 「아무도 미워하지 않는 자의 죽음」이라는 시에서 '잉게 숄著·박종서譯·靑史·188면·값 1,900원'이라는 부제를 달아 차용 출처를 밝혔다. 박남철은 「박해미르XI^{-9}」라는 시에서 T.S. 엘리엇의 『황무지』에 수록된 시 「사자의 매장」 1~4행인 "사월은 가장 잔인한 달,/ 죽은 땅에서 라일락을 키워 내고,/ 기억과 욕망을 뒤섞으며,/ 봄비로 잠든 뿌리를 뒤흔든다."를 그대로 차용하였다. 시 본문 말미에 "[T.S. 엘리어트, 'I. 死者의 埋葬', 「荒蕪地」, 『T.S. 엘리어트』, 李昌培 譯, (서울, 探求堂, 1980)]"이라고 차용한 책의 발행연도와 번역자까지 밝힌 편집 형태로 표현해 두었다. 또한 그는 「묵상; 예수와 술래」라는 시의 마지막 연에 "[「아이들 놀이」, 『나는 바퀴를 보면 굴리고 싶어진다』, (서울, 문학과 지성사,

22 이 글은 제2평론집 『비평의 수평과 지평』(정인, 2012)에 수록한 내용 중 일부를 발췌하여 이번 제4평론집 『출처의 윤리』의 주제와 연관 있는 부분을 조합하여 재편집했음을 밝힌다.

1978)]"이라고 배열해 놓았다. 황동규 시인의 시집『나는 바퀴를 보면 굴리고 싶어진다』의 68쪽에 수록된「아이들 놀이」라는 본문을 그대로 차용한 것에 대한 출처이다. 이들의 공통점은 굵은 글씨체로 눈에 확 띄게 장치한 것이다. 이처럼 시 속에 차용 출처를 명확하게 밝혀 놓는 인용적 묘사를 떳떳하게 내세우는 실험시가 한동안 풍미를 누리기도 했다. 수사법으로 말하면 인유법(引喩法) 중 명인법(明引法)을 적절히 활용한 예라고 보면 타당할 것이다.

만일 창작자가 다른 창작물을 모방 또는 차용하였다면 어떤 방식으로든 그 사실을 밝히는 것이 윤리 혹은 도덕적으로 합당하다. 모든 작가는 차용에 대한 오해와 진실을 늘 생각해야 한다.

"어머니 오셨어요?"

"오냐, 잘 지냈니?

"네."

(사이 말없음)

"얘야, 내일이면, 네가 그 자리에 없겠구나."

— 황지우, 「아무도 미워하지 않는 자의 죽음, 잉게 숄著 · 박종서譯 · 靑史 · 188면 · 값 1,900원」 전문

황지우가 시 제목으로 삼은「아무도 미워하지 않는 자의 죽음」이라는 책은 독일의 잉게 숄이 실화를 배경으로 쓴 소설 형식의 책이다. 이 시에서 부제를 굵은 글씨로「잉게 숄著 · 박종서譯 · 靑

史 · 188면 · 값 1,900원」이라고 표기한 것은 다른 출판사와 번역자와의 구별을 위한 것임과 동시에 이 책의 강조점을 표현한 것이고, 판권에 1,900원이라 찍혀 있는 것까지 모자이크하였다. 부제를 굵은 글씨로 시각화한 것은 기존의 시 제목 형식을 파괴함으로써 새로운 시각적 효과를 통해 시적 극대화를 기대하였던 것 같다. 이것은 '낯선 시', '낯선 제목'이라는 시각적 효과와 기존의 형식을 파괴하는 역할을 담당한다.

작가 잉게 숄은 이 책에서 독일 뮌헨 학생 저항운동으로 1944년 2월 게슈타포에 체포되어 사형당한 한스와 죠피의 여동생이다. 함께 성장하면서 체험하고 느낀 바를 솔직하게 고백한 실화로서 감동적인 호소력을 지니고 있다. 인용 시 본문의 대화체는 잉게 숄의 『아무도 미워하지 않는 자의 죽음』에서 처형되기 직전의 죠피와 어머니, 두 모녀가 면회하는 장면을 연상하게 한다.

"이제는 더 이상 문 앞에 나오지 못하겠구나."

어머니가 말씀하시자,

"이 년만 참으세요, 어머니."라고 대답했다.

그리고 나서 한스가 그랬듯이 확신을 가지고 의기양양하게 말했다.

"우리가 모든 것을 떠맡았어요. 이제 우리가 한 일은 큰 물결을 일으킬 겁니다."

— 잉게 숄, 『아무도 미워하지 않는 자의 죽음』 중에서 '잊을 수 없는 순간들' 부분

이 장면은 사형 직전에 어머니가 "더 이상 너를 볼 수 없겠구나." 라는 의미로 딸 죠피에게 말을 건네자, 죠피가 '이 년만 지나면 모든 것이 잊히고 마음의 평안을 찾을 것입니다.'라는 의미로 대답한 것이다. 이 장면은 모녀가 죽음 앞에서도 꿋꿋함을 잃지 않고 삶의 긍정적인 표현을 하고 있음을 보여 준다. 이 장면을 시적으로 변용한 황지우는 여백에 침묵과 긍정적인 삶이 느껴지도록 더 실감 나게 재구성하였다. 이 시에서 제목과 여백이 던져 주는 침묵이 없다면 감동도 없을 것이다. 황지우가 다른 복선을 깔아 놓았다면 아마도 5월 시민군의 어느 사형수와 그 어머니가 면회하는 장면일 것이다. 결행에서 사형수의 어머니가 죽음을 앞둔 아들에게 슬픔을 감추고 이처럼 강인한 말을 던질 수 있다는 것은 우리의 전통적 한의 정서에 대한 반항적 표현이다. 시각적으로만 낯선 시를 추구한 것이 아니라 정서적으로도 전통적 정서를 파괴한 낯선 정서를 들고 나온 것이다.

으햐이……

사월은 가장 잔인한 달,
죽은 땅에서 라일락을 키워 내고,
기억과 욕망을 뒤섞으며,
봄비로 잠든 뿌리를 뒤흔든다.

오월은 가장 잔인한 달,

자네가 작년에 심었던 시체에선
싹이 트기 시작했던가? 올해엔 꽃이 필까?

오월엔 꽃이 필까?
(올해엔 꽃이 피고야 말 것이다!)
아니면 갑자기 서리가 내려 그 꽃밭이 망쳐졌는지?
아, 인간의 친구지만, 개를 가까이해선 안 되네.
또 발톱으로 파헤칠 것이니.
그대! 위선의 독자여! — 나의 동포여,
— 나의 형제여!

[T.S. 엘리어트, 'I. 死者의 埋葬', 「荒蕪地」, 『T.S. 엘리어트』, 李昌培 譯,
(서울, 探求堂, 1980)]

— 박남철, 「박해미르XI-9」 전문

「박해미르III-1」에서 천진난만하게 잠자던 아이가 「박해미르XI-9」에서는 앉아서 손짓하는 사진이 편집되어 있다. 그 사진 바로 밑에는 "으햐이……"라는 시행을 배치해 놓았는데 어린아이가 손짓하며 인사하는 말투를 표현한 것이다. 그 아래 연은 T.S. 엘리엇의 『황무지』에 수록된 시 「사자의 매장」의 앞부분 1~4행인 "사월은 가장 잔인한 달,/ 죽은 땅에서 라일락을 키워 내고,/ 기억과 욕망을 뒤섞으며,/ 봄비로 잠든 뿌리를 뒤흔든다."를 그대로 차용하였다. 어떤 측면에서는 '오마주' 기법을 시에 끌어들인 것으로 볼 수도 있다. 이것은 슬픔이 깃든 오월에 대해 '잔인한 오월'이라는 표현으로 이어가기 위한 '패러디' 기법을 이용한 장치이다. 다음해 오월의 희망을 반영하고, 미래를 향한 '희망의 오월'을 역설적으로 표현하기 위함이다.

아빠, 나도 진짜 총 갖고 싶어
아빠 허리에 걸려 있는,

이 골목에서
한 놈만 죽일 테야

늘 술래만 되려 하는
도망도 잘 못 치는
아빠 없는 돌이를 죽일 테야

그 놈 흠씬 패기만 해도
다들 설설 기는데,
아빠.

[黃東奎, 「아이들 놀이」, 『나는 바퀴를 보면 굴리고 싶어진다』, (서울, 문학과 지성사, 1978)]

— 박남철, 「묵상; 예수와 술래」 전문

「묵상; 예수와 술래」는 마지막 연에 "[黃東奎, 「아이들 놀이」, 『나는 바퀴를 보면 굴리고 싶어진다』, (서울, 문학과 지성사, 1978)]"라는 굵은 글씨의 편집은 황동규 시인의 시집 『나는 바퀴를 보면 굴리고 싶어진다』의 68쪽에 수록된 「아이들 놀이」라는 본문을 그대로 오마주 기법으로 차용한 시의 출처를 주석을 달 듯 배열하면서도 눈에 확연히 드러나게 시각화한 것이다. 황동규의 시에 등장하는 아이들 놀이는 아이들 놀이라고 하기엔 너무나 섬뜩한 '그로테스크'[23]한 표현이다. 이 시에서 박남철 시인도 아이들 놀이 치고는 참으로 섬뜩한 놀이라 여겨서인지 신앙의 대상과 기도의 대상은 물론 기도의 방식까지 염두에 두고 「묵상; 예수와 술래」라는 제목을 단 것 같다. 그 당시 정치적 억압을 가하는 '권력자'를 '술래'라 지칭하면서 무고한 사람들을 잡으러 다니는 것을 꼬집어 풍자하고 있음이 분명하다. 시 제목은 어디서 차용한 것일까?

5) '차용' 출처를 밝히지 않은 시 읽기

— 하이쿠를 모방한 절장시조와 단시조, 단시

(1) 들어가기

세계에서 가장 짧은 정형시라 불리는 일본 하이쿠의 시상을 차용

23 그로테스크(grotesque): 괴기스러울 정도로 추하고 부자연한 양식이라는 의미이지만, 고딕체에 대한 유럽식 명칭이기도 하다. 이라베스크의 괴이한 인물상이나 공상적인 동식물 무늬 등을 복잡하게 조립한 문양으로서, 특히 16세기 초 이탈리아 르네상스 시대에 크게 부흥하였다. (출처: 《네이버 지식백과》)

하고도 출처를 밝히지 않은 우리의 짧은 시(절장시조 혹은 단장시조, 단시조, 단시)가 꽤 많다. 여기서 '모방' 혹은 '차용'한 시라고 표현했지만, 관점에 따라 달리 평가할 수 있는 시편이다. 긍정적인 측면에서는 하이쿠의 '영향'을 받은 시로 분류할 수 있지만, 부정적인 측면에서는 출처를 밝히지 않았기 때문에 '표절'로 분류할 수도 있다. 그러나 시상이 일치하거나 비슷하다 하여 '표절'이라 단정할 수도 없는 일이다. 짧은 시의 경우 시상이 비슷한 예가 많다. 짧은 시는 시적 대상을 폭넓게 표현 혹은 묘사할 수 없는 한계점을 안고 있기 때문이다. 그래서 '하이쿠를 모방한 절장시조와 단시조, 단시'라고 표현했다. 아래의 내용은 필자의 제1평론집 『응축의 시학과 비평』에 수록한 「절장시조를 내쳐라」라는 원고의 일부를 그대로 인용한 것임을 밝혀 둔다.

(2) 하이쿠를 모방한 절장시조와 단시조, 단시[24]

강아지 꼬리에 흰 눈 얹고 이리저리 뛰는 꽃

— 이명길, 「무심(無心)에서」 전문

이 절장은 회화적이다. 세상을 흑백으로밖에 볼 수 없는 강아지는

24 신기용, 「절장시조를 내쳐라」, 『응축의 시학과 비평』, 정인, 2011, 20~26쪽.

눈이 오는 날이면 미친 듯이 좋아서 꼬리를 흔들며 폴짝폴짝 날뛴다. 그 날뛰는 강아지 꼬리에 흰 눈이 얹혀 있는 것으로 보아 강아지가 잠자는 동안 눈이 내렸나 보다. 잠에서 깨어난 강아지는 하늘에서 내려오는 눈을 보고 이리저리 뛴다. 이것을 시 제목 '무심'과 연결해 보면 그 강아지가 참 생각 없이 행동하기는 한다. 시인은 어떤 사람을 강아지의 이런 꼴과 동일시해 놓은 것일 게다.

아래 하이쿠와 비교해 보면 깜짝 놀랄 것이다. 시상이 같음을 알 수 있다.

눈 위에
고양이의 발자국
매화나무의 꽃 [25]

이어령의 『하이쿠의 시학』에 의하면 이 하이쿠를 두고 에즈라 파운드가 「달타니언의 20년 후」에서 다음과 같이 설명하였다 한다. "대부분의 하이쿠는 두 개의 측면을 지니고 있다. 이것을 부주의한 독자가 읽는다면 단순히 두 면밖에는 보지 못할 것이다. 즉, 두 개의 시각적인 이미지만으로 이해하게 될지 모른다. 하지만 이 두 개의 이미지는 그 사이에 넓은 공간과 색채의 확산을 자아낸다. 거기에는 제삼의

25 이어령, 『하이쿠의 시학』, 서정시학, 2009, 299쪽.

요소로서 매화의 열매에서 고양이의 발자국 그림자에 이르는 번짐이 있다. 거기에는 제삼의 요소로 포착된 분위기 이외의 어떤 우의(寓意)도 담겨져 있지 않다. 그러나 하이쿠가 단순히 이질적인 것을 한데 병치하였을 때 생기는 이미지의 확산이라고 하는 것은 좀 더 세심한 검증과 설명이 필요하다."[26]

이 하이쿠는 고양이가 눈 위에 남긴 발자국과 눈 속에서 피어나는 매화를 동일시해 놓았다. 하얀 눈 위에 조용히 지나간 고양이 발자국이 매화꽃처럼 맑고 순수하다는 의미이다. 이질적 이미지인 '매화꽃'과 '고양이'가 서로 병치 · 융합하여 단일적인 새로운 이미지로 확산되어 번져 나간다.

이명길 시조의 강아지가 이리저리 뛰며 남겨 놓은 산만한 발자국과 하이쿠의 고양이가 조용히 남겨 놓은 발자국을 비교해 보면, 이명길의 절장은 동적이고, 하이쿠는 정적인 분위기가 감돈다.

이명길 시인은 시조의 특징인 관념화에 충실하려 했던 흔적이 보인다. 하지만 이질적 이미지인 '꽃'과 '강아지'가 서로 병치 · 융합하였다 하더라도 단일적인 새로운 이미지로 연결되지 못했다. 시를 아는 많은 사람에게 이 두 수를 놓고 점수를 매겨 비교해 보라고 하면, 부끄러운 일이지만 강아지(절장시조)보다는 고양이(하이쿠)에 더 많은 점수를 던질 것이다. 예를 든 절장이 시조의 묘미를 상실한 기형이 되어

26 이어령, 위의 책, 299~300쪽.

버렸기 때문이다. 이처럼 절장은 하이쿠도 시조도 아닌 시형이 되고 말았다. 절장은 시조의 팔 다리를 잃고 몸통만 있는 형상이다. 시조는 3장이 제격이다.

여기서 자유시 형태의 짧은 동시를 한 편 감상해 보려 한다. 윤동주의 동시 「개」도 위 작품들과 시상이 동일하다. 하이쿠의 시상을 차용한 듯하다.

눈 위에서
개가
꽃을 그리며
뛰오.

— 윤동주, 「개」 전문[27]

윤동주 동시 「개」는 하이쿠의 '고양이'가 '개'로, '매화나무 꽃'이 '꽃'으로 바뀌어 있는 모습이다. 윤동주 시인도 일제강점기에 일본식 교육을 받았고, 일본에서 유학하였기에 당연히 하이쿠를 접하였을 것이다. 단정할 수는 없지만, 시상을 차용했다는 추측은 가능하다. 아니면 우연의 일치일까?

우리나라에 잘 알려져 있고, 세계적으로도 널리 알려져 있는 바

27 윤동주, 『새벽이 올 때까지』, 오상출판사, 1987, 60쪽.

쇼의 하이쿠, 그리고 이 하이쿠와 시상을 꼭 빼닮은 시조 한 편을 읽어 본다.

고요함이여 바위에 스며드는 매미의 소리
閑かさや岩にしみ入る蟬の聲

— 바쇼(芭蕉)[28]

이 하이쿠에서 바쇼는 어떠한 관념화나 부연 설명을 하지 않고, 공감각적 표현만으로 생물인 매미와 무생물인 바위를 마주보게 하여 새로운 이미지와 의미를 만들어 내었다. 즉, 바위와 매미를 한 공간에 데려와 고요함을 창조해 낸 것이다. 바위와 매미를 병치시켜 놓고, 즉물적 감각 표현으로 고요함을 만들어 냄과 동시에 하이쿠의 시적 깊은 맛을 살려 내었다. 이것은 청각적인 시끄러운 매미 울음소리와 시각적이면서 촉각적인 딱딱한 바위가 만나 새로운 이미지와 의미로 빚어진 것이다.

짜아한 매미 소리
돌 틈으로 스며들고

구름도 산도 숲도

28 오석윤 편, 『일본 하이쿠 선집』, 책세상, 2009 4판, 18쪽.

바람마저 조는 오후

톡,

톡,

톡,

고요를 딛고

솔방울이 구른다.

— 허일, 「참회」 전문

허일의 단시조 「참회」의 초장 "짜아한 매미 소리/ 돌 틈으로 스며들고"를 바쇼의 매미 소리와 비교해 보면 시상을 그대로 차용한 것을 알 수 있다. 허일은 바쇼 하이쿠의 "고요함이여"에 대응한 "고요"를 종장에 배열하여 시조의 특징에 걸맞게 주제로 삼았고, 중장에서는 사물을 의인화하여 "구름도 산도 숲도/ 바람마저 조는 오후"라고 한적함을 표현함으로써 한층 더 깊게 고요한 분위기를 조성하였다.

문제는 초장에 있다. 하이쿠의 "바위에 스며드는/ 매미의 소리"를 "짜아한 매미 소리/ 돌 틈으로 스며들어"라고 순서와 단어를 바꾸었지만, 시상은 그대로 차용했음이 쉽게 드러난다. 이것은 허일이 하이쿠에 대해 많은 연구를 하였고, 대학 강단에서 하이쿠를 강의한 적이 있기에 의도적으로 차용했을 가능성이 높다. 이것은 허일의 단장시조집 『촌철살인의 단장시조, 일도류의 하이쿠를!』(시조문학사, 2009)에 수록된 64편의 절장이 3·5·4·3 자수율만이 하이쿠 5·7·5와 다르고, 내용은 사생주의적 하이쿠 작풍으로 읽혀지고 있음과 무관하지 않은 것 같다.

바쇼의 하이쿠 '매미'처럼 생물과 무생물을 마주보게 하여 고요함의 이미지를 만들어 내는 하이쿠와 하이쿠 작풍으로 창작한 절장을 더 읽어 본다.

해묵은 연못이여 개구리 뛰어드는 물소리로다

古池や蛙飛びこむ水の音

— 바쇼(芭蕉)

이 하이쿠는 미국 교과서에 소개되어 있을 정도로 세계적으로 널리 알려진 작품이다. 우리나라에서도 널리 알려져 "오랜 연못에 개구리 뛰어드는 물소리 텀벙", "오래된 연못 개구리 뛰어드는 물소리 풍덩" 등으로 번역되기도 하였으나, 이어령의 『하이쿠의 시학』에 수록된 것이 가장 하이쿠답고, 물소리가 난 다음에 밀려오는 고요함을 가장 잘 표현한 번역이므로 여기에 인용하였다.

앞에서 읽어 본 바쇼의 하이쿠 매미의 고요함과 잘 비교해 볼 필요가 있다. '매미'를 '개구리'로, '바위'를 '연못'으로, '매미 소리'를 '물소리'로, '스며든다'를 '뛰어든다'로, 대치하였음을 알 수 있다.

소나기

지나간 자리

청개구리 한 마리

— 허일, 「적요」 전문

허일의 「적요」는 『촌철살인의 단장시조, 일도류의 하이쿠를!』에 수록된 64편의 절장 중 한 편이다. 이 절장이 요구하는 고요함은 바쇼의 '개구리'의 시상을 차용한 고요함이다. 시적 수준은 그저 흉내만 냈을 뿐 하이쿠의 시적 깊이와의 대결에서 패배한 꼴이다. 바쇼 개구리의 핵심 열쇠는 시간의 영원성이 내포된 '해묵은 연못'이라는 공간이다. 이 공간에 바쇼는 침묵과 정적을 장치해 놓았다. '해묵은 연못'은 흘러온 오랜 세월을 측량할 수 없는 시간의 초월성을 내포하고 있어 개구리가 뛰어드는 한 순간의 시간을 액체화하여 멈추게 만든다. 앞의 '매미'에서도 시간의 영원성을 내포한 '바위'가 매미 소리를 고체화하여 멈추게 만드는 시간의 초월성 때문에 고요함의 깊이가 더해진다.

허일의 「적요」에서는 바쇼의 '해묵은 연못'과 '바위'에 의해 표상된 고요함과 정적감이 너무나 미약하다. '소나기'는 영원성과는 거리가 먼 일시적인 기상 현상이라서 그 정적감의 깊이가 거의 없다. 그래서 시상을 차용하여 고요함을 약간 드러냈으나, 너무나 평면적인 표현이라서 시적 수준을 갖추기에는 빈약하다는 느낌을 지울 수 없다.

바쇼의 '개구리'는 무엇에 놀랐는지 개구리 떼가 물소리를 내며 연못으로 일제히 뛰어든다. 그 뒤에 고요함의 깊이가 더해진다. 허일의 '청개구리'도 소나기가 내리는 동안 울다가 소나기가 그치면 울음을 멎는다. 즉, 소나기가 내리는 동안 울어 대던 청개구리가 소나기가 지나가고 난 뒤, 고요함을 획득한다. 그러나 소나기 지나간 뒤, 청개구리 한 마리라는 시각적 사생으로는 청각적 적요의 느낌이 약하다. 바쇼의 개구리에서는 시각적인 사생보다는 청각적 고요함으로 확산되어 나가기 때문이다.

(3) 나가기

앞에서 살펴본 바와 같이 시상이 비슷하다 하여 단정적으로 '표절'이라 말할 수 없다. 출처를 밝히지 않은 상태에서 시상을 '차용'하였다 하더라도 짧은 시가 안고 있는 한계점 때문에 쉽게 판단하기 어렵다. 이러한 모호성 때문에 하이쿠의 '영향'을 받은 시, 혹은 하이쿠를 '모방'한 시라고 긍정할 수도 있을 것 같다. 그러나 시각에 따라서는 출처를 밝히지 않은 시상의 차용을 표절의 범주에 포함할 법도 하다. 비도덕적인 행위임을 부정할 근거가 없기 때문이다.

올곧은 창작자라면 스스로 창작의 독창성이라는 잣대를 엄격하게 들이대고, 이러한 오해 요소까지 제거해 나가고자 하는 정신 무장이 필요하다. 하늘은 늘 비뚤어진 양심을 내려다보고 있다. 언젠가는 벌도 내린다. 모름지기 인간은 양심에 따라 행동하고, 하늘을 두려워할 줄 알아야 행복한 법이다.

신기용
문학평론집

2장

표절 사례와 표절 의혹 사례

1. 서구의 시와 한국 근대시의 영향관계

馬援이 曰 終身行善이라도 善猶不足이오

一日行惡이라도 惡自有餘니라.

"마원이 말하기를 평생 선을 행하여도 선함은 오히려 부족하고,

하루 동안 악을 행하여도 악함은 스스로 남음이 있다."

—『명심보감』 '계선편'에서

우리나라에 서구 시가 유입되면서 신체시가 태동하였다. 나아가 자유시로 발전해 왔다. 신체시와 자유시가 서구 시의 '영향'을 받은 것을 부정할 수는 없다. 그러나 그 서구 시의 '영향'을 떠나 '모방' 혹은 '표절'을 했다는 주장도 있다.

논쟁의 핵심은 서구 시에서 영향을 받은 시이지만, 그 시인들은 어디에도 원문의 출처를 밝히지 않았다. 그러면서도 국민으로부터 많은 사랑을 받았다. 이 사실만으로 '모작'이라는 오해의 시선을 받으면서도 단순 '모방'으로 인식하는 경향이 짙다. 그 대표적 예로 육당 최남선의 경우 영국 시를 모방한 사실보다는 '신체시의 창시자'로, 김소월의 경우에도 영국 시를 모방한 사실보다는 '우리 토속적

서정시를 개척한 시인'으로 지금까지 그 권위를 지켜오고 있다. 특히 김소월의 「진달래꽃」의 경우 '한국 서정시의 원류'로 일컬어지기도 한다.

1) 최남선 「해에게서 소년에게」에 드리운 바이런의 그림자

먼저 [연합뉴스] 임형두 기자의 '최남선과 김소월로 본 한국과 영국문학'이라는 글에 주목해 본다. 고려대 영미문화연구소장 정종화 교수의 주장을 소개하고 있다. 아래의 글을 읽어 본다.

> … 정 교수는 최남선의 「해에게서 소년에게」가 바이런의 「대양」에서 이미지와 형식을 빌려 온 흔적이 역력하다고 강조한다. 「해에게서 소년에게」가 '처……ㄹ썩 처……ㄹ썩 척, 쏴……아/ 때린다, 부순다, 무너버린다'로 시작한다면 「대양」은 '계속 파도쳐라! 너 깊고 검푸른 대양이여- 파도쳐라!'로 웅혼한 기상을 과시한다.
>
> 한국시에서 바다를 적극적이고 강력하게 시적 이미지로 끌어들인 것은 최남선이 처음. 한국 시에서 달과 소나무 등이 소재로 채택된 반면 바다 이미지는 거의 사용되지 않았다.
>
> 「해에게서 소년에게」는 생동감 넘치는 시어를 사용함으로써 애조 띤 언어의 종전 시인들과는 사뭇 다른 모습을 보여 주었다. 최남선의 시가 바이런의 그것을 곧바로 모방했다기보다 형식과 소재를 빌려 왔다고 해야 맞고, 최남선은 이를 의식해서인지 바이런의 시를

《소년》에 번역해 소개했다.

김소월의 「진달래꽃」은 예이츠의 「하늘의 옷감」과 겹치는 부분이 많다. 김소월은 예이츠의 시에 나오는 '꿈'의 이미지를 '진달래꽃'으로 바꿔 시를 지은 것이다.

특히 '가시는 걸음걸음/ 놓인 그 꽃을/ 사뿐이 즈려밟고 가시옵소서'는 예이츠의 '그대 발아래 그 꿈을 펴놓았소/ 내 꿈을 밟고 가는 그대/ 사뿐이 밟으소서'와 이미지 및 구성에서 거의 같다.

정 교수는 "김소월은 한국에 상징주의시를 들여온 김억의 제자이며 김억의 번역시집 「오뇌의 무도」에 예이츠의 시가 포함돼 있다는 사실은 시사하는 바가 크다."고 지적한다. …

— [연합뉴스], 1999.4.19.

정종화 교수가 말하는 "최남선의 「해에게서 소년에게」가 바이런의 「대양」에서 이미지와 형식을 빌려 온 흔적이 역력하다."라고 차용에 대해 주장하면서 "「해에게서 소년에게」에서 '처……ㄹ썩 처……ㄹ썩 척, 쏴……아/ 때린다, 부순다, 무너버린다'로 시작한다면 「대양」에서는 '계속 파도쳐라! 너 깊고 검푸른 대양이여- 파도쳐라!'로 웅혼한 기상을 과시한다."라고 강조하였다.

이 이전에 한철전(서울대 교수)은 「해에게서 소년에게」는 "그 소재나 발상, 상상력 면에서 영국 시인 바이런의 장편시 「해럴드 공자의 순례(Childe Harold's Pilgimage)」의 끝 대목 「대양(Ocean)」과 흡사한 부분이 많다는 것, 그리고 이 「대양」이 같은 《소년》지에 오랑(鰲浪)에 의해 「대양(大洋)」이란 제목으로 번역된 바 있다는 사실도 같이 알아 둘 필요가 있다."[29]라며 주장하기도 했다.

여기서는 《소년》 창간호에 실린 「해에게서 소년에게」의 1~6연 원문 중 1연과 영국 시인 바이런의 장편시 「해럴드 공자의 순례」의 179~184연 중 179연의 번역을 비교하면서 진한 글씨에 주목하여 읽어 본다.

1

터……ㄹ썩, 터……ㄹ썩, 텩, 쏴……아.
따린다, 부슨다, 문허버린다.
泰山갓흔 놉은 뫼, 딥채갓흔 바위ㅅ돌이나,
요것이 무어야, 요게 무어야,
나의 큰 힘, 아나냐, 모르나냐, 호통까디 하면서,
따린다, 부슨다, 문허버린다.
터……ㄹ썩, 터……ㄹ썩, 텩, 튜르릉, 콱.

— 최남선, 「해에게서 소년에게」 1연[30]

29 한철전, 『한국 현대시 해설』, 관동출판사, 1994, 600쪽.
30 《소년》 창간호, 1908, 2쪽.
— 《소년》 상, 영인본(문양사, 1971) 참조.

179

계속 파도쳐라! 너 깊고 검푸른 대양이여－－－－파도쳐라!

수만 척의 배가 네 위를 지나가도 아무런 표를 남기지 못한다.

인간은 대지에 폐허의 자국을 남기지만,

그의 힘은 해변에 미치고 마는 것.

망망한 대양 위에서의 난파는 모두 너의 소행.

인간은 자신의 잔해 이외에는 파괴의 흔적도 남기지 않는다.

인간의 뽀글뽀글하는 신음 소리를 내며

물방울처럼 네 심연으로 가라앉는 것도 잠시뿐.

그는 무덤도 없이, 조종(弔鐘)도 울리지 않고, 관도 없이, 아무도 모르게 사라진다.

— 바이런, 「대양」 179연

최남선의 「해에게서 소년에게」가 바이런의 「대양」을 차용한 것을 살펴보았다. 이와 더불어 알프레드 테니슨(Alfred Tennyson, 1809~1892)의 「부서져라, 부서져라, 부서져라」를 차용했다는 다른 주장도 있으나 이 글에서는 생략한다.

2) 김소월의 「진달래꽃」에 드리운 예이츠의 그림자[31]

(1) 예이츠 「하늘의 옷감」의 그림자

김소월은 1922년 《개벽》 25호에 「진달래꽃」을 발표하였다. 김억의 추천으로 발표한 것이다. 1925년에 처녀 시집 『진달래꽃』을 출간하였다. 최초 발표한 「진달래꽃」을 일부 수정하여 시집에 수록하기도 하였다. 최초의 「진달래꽃」과 시집에 수록한 「진달래꽃」을 진한 글씨에 주목하면서 읽어 본다.

나 보기가 역겨워
가실 때에는 **말없이**
고이고이 보내드리우리다

영변에 약산
그 진달래꽃을
한 아름 따다 가실 길에 뿌리우리다

가시는 **발걸음마다**
뿌려놓은 그 꽃을
고이나 즈려밟고 가시옵소서
나 보기가 역겨워

31 이 부분은 《오륙도문학》(2013)에 발표한 글의 일부임을 밝혀 둔다.

가실 때에는

죽어도 아니 눈물 흘리우리다

— 김소월, 1922년 《개벽》의 「진달래꽃」 전문

나 보기가 역겨워

가실 때에는

말없이 고이 보내드리우리다

영변에 약산

진달래꽃

아름 따다 가실 길에 뿌리우리다

가시는 걸음걸음

놓인 그 꽃을

사뿐히 즈려 밟고 가시옵소서

나 보기가 역겨워

가실 때에는

죽어도 아니 눈물 흘리우리다

— 김소월, 1925년 시집 『진달래꽃』의 「진달래꽃」 전문

정종화 교수의 "김소월의 「진달래꽃」이 예이츠의 「하늘의 옷감

(He Wishes For The Cloths Of Heaven)」과 겹치는 부분이 많다."라는 주장과 "김소월은 예이츠의 시에 나오는 '꿈'의 이미지를 '진달래꽃'으로 바꿔 시를 지은 것이다."라는 주장에 대해 살펴보려 한다. 특히 김소월의 스승 김억(김안서)의 번역시 「꿈」에 주목할 필요성이 있다.

김소월은 1922년 「진달래꽃」을 발표했다. 이에 앞서 1921년에 김억은 예이츠의 「하늘의 옷감」을 「꿈」이라는 제목으로 수록한 번역시집 『무도의 오뇌』를 발표하였다. 그렇다면 김소월은 김억이 번역한 「꿈」의 영향을 받았을 가능성이 농후하다. 원문과 번역시의 진한 글씨에 주목하면서 읽어 본다.

Had I the heavens' embroidered cloths,
Enwrought with golden and silver light,
The blue and the dim and the dark cloths
Of night and light and the half-light,
I would spread the cloths under your feet:
But I, being poor, have only my dreams;
I have spread my dreams under your feet;
Tread softly because you tread on my dreams.

— William Butler Yeats, 「He Wishes For The Cloths Of Heaven」

내가 만일 光明의
黃金, 白金으로 짜아내인
하늘의繡노흔옷,
날과밤, 또는 저녁의
프르름, 어스렷함, 그리하고 어두움의
물들인옷을 가젓을지면,
그대의 발아레 페노흘려만,
아々 가난하여라, 내 所有란 숢박게업서라,
그대의 발아레 내숢을 페노니,
나의 생각가득한 숢우를
그대여, 가만히 밟고지내라.

— 김억(김안서) 역, 「숢」 전문[32]

이처럼 예이츠의 「하늘의 옷감」을 김억은 「숢」이라는 제목으로 번역 발표하였다. 1933년 이하윤(異河潤)은 번역 시집 『실향의 화원』에 「하눌나라의옷이 잇섯스면」이라는 제목으로, 1938년 임학수(林學洙)는 번역 시집 『해외 서정시집』에 「비단하늘」이라는 제목으로 수록하였다.

32 국학자료 제5집 『오뇌의 무도 · 실향의 화원 · 해외 서정시집』, 서강대학교 인문과학연구소, 1986, 93쪽.
— 김안서 역, 『오뇌의 무도』(1921), 119쪽. 영인본 참조.

금과 은의 밝은빛으로 짜내인
하눌나라의 수노흔옷을 내가 가젓스면
밤과 낮과 새벽과 황혼의
푸르고 어둡고 검은옷이 내게 잇섯스면
그옷을 그대발아레 까라드리렷만
나는 구차한지라 오직 내꿈이 잇을분
그대발밑에 이꿈을 싸라올니오니
고히 밟으소서 내꿈을 밟고가시는님이여

— 이하윤(異河潤) 역, 「하눌나라의옷이 잇섯스면」 전문[33]

저 하늘같이 繡놓은 비단이 있었던들,
金빛과 銀빛으로 문의 넣어 짠
밤과 낮 그리고 黃昏의
저 파-란 깜-한 연옥색 비단이 -
그대의 발밑에 까라 드릴걸,
나는 가난뱅이 오직 꿈이 있을뿐,
꿈이나마 발밑에 까라드리니
내 꿈에 사는 임 고히 밟고 오소서.

— 임학수(林學洙) 역, 「비단하늘」 전문[34]

33 국학자료 제5집 『오뇌의 무도 · 실향의 화원 · 해외 서정시집』, 서강대학교 인문과학연구소, 1986, 204쪽.
— 異河潤 역, 『실향의 화원』(1933), 69쪽. 영인본 참조.

예이츠의 결행 "Tread softly because you tread on my dreams." 에 주목해 본다. 김억의 번역 "나의 생각가득한 꿈우를/ 그대여, 가만히 밟고지내라."와 《개벽》에 발표한 김소월의 「진달래꽃」의 3연 "고이나 즈려밟고 가시옵소서."만 읽어 보더라도 모방시임을 알 수 있다.

이 부분에 대해 1922년 《개벽》에 「진달래꽃」을 발표한 이후, 1933년 이하윤(異河潤)은 "고히 밟으소서 내꿈을 밟고가시는님이여", 1938년 임학수는 "꿈이나마 발밑에 까라드리니/ 내 꿈에 사는 임 고히 밟고 오소서."라고 번역 발표하였다. 이것은 김소월이 「진달래꽃」을 발표한 이후이므로 특별한 의미를 가지지 못하지만, 번역상의 차이는 있으나, 유사성을 참고할 수 있는 자료이다.

여기서 김소월이 예이츠의 영향을 받았으나 출처를 밝히지 않고 모방하였다는 가능성을 단순한 일로 치부하기엔 너무나 무서운 진실이 도사리고 있는 듯하다. 현대시가 서구 시의 영향을 받았다는 하나의 증거이기도 하다. 달리 말하면 현대시의 초창기에는 대부분의 시인들이 서구 시 흉내를 냈다는 사실을 반증하는 것이다. 그래서 '표절'이 아니라 서구 시의 영향을 받았을 것이라며 유연한 태도로 정리되곤 하였다.

34 국학자료 제5집 『오뇌의 무도 · 실향의 화원 · 해외 서정시집』, 서강대학교 인문과학연구소, 1986, 369쪽.
— 최재서 편, 『해외 서정시집』(1938), 130쪽. 영인본 참조.

그러나 이들은 그 어디에도 차용에 대한 출처를 밝히지 않았다. 그러함에도 서구 시의 '영향'을 받은 '모방'이라며 매우 느슨한 태도를 보이기도 했다. 언젠가는 이 부분에 대한 정확한 판단과 평가가 다시 진행되어야 할 것 같다. 무서운 말로 표현한다면 김소월의 「진달래꽃」은 표절한 시이다. 김소월이 제아무리 '한국 서정시의 원류'라 일컬어질 정도로 공이 많다 하더라도 「진달래꽃」처럼 표절이 의심되는 시편은 두고두고 꼬리를 물고 시빗거리가 될 것이다.

우리는 모두 『명심보감』 '계선편'의 "마원이 말하기를 평생 선을 행하여도 선함은 오히려 부족하고, 하루 동안 악을 행하여도 악함은 스스로 남음이 있다.(馬援이 日 終身行善이라도 善猶不足이오 一日行惡이라도 惡自有餘니라.)"라는 말의 뜻을 헤아릴 필요가 있다.

이처럼 선은 평생 동안 행하여도 부족하지만, 표절과 같은 나쁜 행위는 단 한 번만 행하여도 그 행위가 사라지지 않고 꼬리를 물어 언제까지나 남게 된다. 그 좋은 예가 여의도 정가이다. 그들은 노루뼈를 고와 먹듯이 심심하면 논문 표절을 들먹인다. 그들이 진짜든 가짜든 폭로부터 해놓고 보는 이유는 이 문제가 도덕적 가치와 밀접한 관련을 맺고 있기 때문이다.

(2) 김소월의 시를 훔친 스승 김억

[한겨레] 신문의 '야! 대한민국'이라는 꼭지에서 서홍관 시인(국립암센터 의사)은 김소월의 시를 김억이 자신의 이름으로 둔갑시켜 발

표하였다는 사실을 세상에 다시 환기시켰다. 좀 길지만 그 내용을 읽어 본다.

1977년 문단은 흥분을 감추지 못했다. 34년 서른두 살로 요절한 김소월의 시작 노트가 사후 43년 만에 고스란히 발굴된 것이다. 그의 노트는 초고에서부터 고쳐나간 흔적이 고스란히 남아 있어서 그의 시작 과정을 이해하는 데도 큰 도움이 되었다. 더구나 새로 발굴된 그의 미발표작 가운데는 '나아가 싸우라, 즐거워하라'는 식의 일본식 구호는 우리 민족 정서에 맞지 않는다는 항변을 담은 시도 있어서 민족주의적인 그의 시들이 왜 미발표로 남아 있어야 했는지 짐작게 했다.

그런데 이해하기 어려운 일이 한 가지 있었다. 김소월의 자작시들 사이에 김소월의 스승 김억의 시가 섞여 있었던 것이다. 한참의 논란 끝에 놀랍게도 김억이 제자의 시를 자기 시로 둔갑시켜 발표한 것으로 결론이 났다. 김소월은 정주에 살면서 시를 쓰면 스승에게 보내드렸고 스승은 그의 시를 지면에 소개해 주고 있었다. 김소월이 요절한 뒤 아무도 알 길이 없는 김소월 시 몇 편을 김억이 자신의 시로 발표한 것이었다. 저승에 있는 소월이야 자기를 열다섯 살부터 지도해 준 스승이 자신의 시 몇 편 도용했다고 해도 눈감아 주었을지도 모르는 일이지만 문단으로서는 적잖은 충격이었다.

— [한겨레], 2007.1.9.

이처럼 1977년에 김소월의 '시작 노트'가 사후 43년 만에 세상에 나타났다. 김억이 제자 김소월의 시를 자신의 이름을 단 시로 둔갑시켜 몇 편을 발표하였다는 숨겨져 있던 불편한 진실이 세상에 드러났다. 문단에서는 김억이 서구 시를 번역하여 널리 알렸고, 근대시 혹은 현대시에서 그의 이름이 차지하는 비중 때문에 적잖은 충격이었음을 알 수 있다.

(3) 맺음말

김소월은 표절 의혹 대상자이면서 표절 피해자인 셈이다. 스승 김억을 통해 서구의 자유시를 접하였고, 그 서구 시의 영향을 받았음을 부인할 수 없는 일이다. 나아가 출처를 밝히지 않았다는 점 때문에 표절 혐의까지 덮어쓰고 있다. 또한 김소월이 죽은 뒤, 스승 김억이 김소월의 이름이 아닌 김억의 이름으로 둔갑하여 발표하였으니, 표절 피해자이기도 한 것이다.

이같이 김소월을 둘러싼 표절 관련 의혹은 우리에게 하나의 교훈을 안겨 준다. 세상은 뫼비우스의 띠와 같다. 인간은 피해자가 가해자고 가해자가 피해자이다. 그 굴레를 벗어날 수 없는 것이 인간이고 인생인 것이다.

2. 마광수의 표절 시 읽기[35]

知足常足이면 終身不辱하고 知止常止면 終身無恥니라.

"만족할 줄 알아 항상 만족하면 평생 동안 욕되지 아니하고,

그칠 줄 알아 항상 그치면 평생 동안 부끄러움이 없다."

―『명심보감』 '안분편'에서

2006년 4월 마광수 연세대 교수(시인, 소설가)가 성적 판타지 375편의 시와 영상시 「권태를 위한 메모」를 수록한 시집 『야하디 얄라숑』을 펴냈다. 이 시집에 자신의 시가 아닌 제자의 시 「말[言]에 대하여」와 지인의 시 「바이올린」을 도용하여 수록함으로써 사달이 났다.

이때 대부분의 언론에서는 '표절'이라는 용어보다는 '도용' 혹은 '도작'이라는 용어를 더 비중 있게 내세웠다. [경향신문](2007.1.5.)의 경우 사설에서 '충격적인 마광수 교수의 詩 도작 파문', [세계일보](2007.1.6.)의 경우 '연대, 제자 詩 도용 마광수 교수 징계위 회부 가능성'이라는 제목을 달았다.

이 '도용'과 '도작'은 '표절'의 하위에 속하는 하나의 행위임에도 이러한 용어를 내세운 이유는, 마 교수가 시를 도용하여 몇 자만 바꾸고 행을 가른 뒤 그대로 수록했기 때문이다. 「말[言]에 대하여」의 원

35 이 글은 《호서문학》(2014, 겨울호)에 발표한 글이다.

작과 이 시집 151쪽의 시를 읽어 본다.

입에 장미꽃을 물었다
꽃에 달린 가시가 찔려 몹시 아프다
눈을 감고 그래도 여전히 장미꽃은
아름다운 꽃이라고 생각한다
말은 못한다
장미꽃이 떨어지기 때문이다

— 김이원(영어교육과 3년), 「말[言]에 대하여」 전문

입에 장미꽃을 물었다
꽃줄기에 달린 가시가 찔러
몹시 아프다

눈을 감고
그래도 여전히
장미꽃은 아름다운 꽃이라고
생각한다
말은 못한다
장미꽃이 떨어지기 때문이다

— 마광수, 「말[言]에 대하여」 전문

평자는 이 시집을 전국에 수배하여 어렵게 한 권을 손에 넣었다. 무단 '도용'했다는 또 다른 시 「바이올린」을 읽기 위해서다. 376쪽에 실린 「바이올린」은 성교 행위를 묘사한 시이다. 남성의 성기에 장식한 징과 그 성교 행위를 묘사했다. 신문을 비롯한 여러 매체에서 「바이올린」이라는 시 제목은 언급하였지만, 정작 시 내용에 대해서는 그 어느 매체에서도 공개하지 않았다. 그 이유에 대해 정확히 알 수는 없지만, 아마도 낯 뜨거운 성교 행위의 묘사 때문이라 짐작이 간다. 그 시의 전문을 읽어 본다.

머리부터/ 징을 박아/ 옴짝달싹 못하게/ 쇠줄로 묶었다// 남은 일은/ 켜는 활과/ 조금씩 맞비벼/ 쾌락의 맛을 아는 것// 심장 도려낸/ 퀭한 가슴으로/ 무참히 할퀸// 무표정의/ 멜로디// 희열

— 마광수, 「바이올린」 전문

[동아일보] 기사에서는 도작 행위에 대한 비판의 말도 함께 실었다. "문학평론가 박철화 중앙대 교수는 시 작품의 경우 다른 사람의 작품을 일부 인용하기도 하지만 그럴 때는 출처를 반드시 밝힌다며 창작자로서 욕심이 나는 구절이 있지만 그렇다고 다른 사람의 작품을 자기 창작물처럼 게재하는 것은 타인의 것을 훔친 행위로밖에 볼 수 없다고 말했다."며 함께 보도했다.

이처럼 '표절'을 말할 때, 그 하위의 행위인 '도용' 혹은 '도작'이라

며 무서운 표현을 가하는 이유는 '표절'이라는 용어가 지니고 있는 '도둑' 혹은 '도둑질'이라는 의미를 부각한 것이다. 인용 출처를 밝히지 않은 '차용'은 '도용'이고, 남의 시를 몰래 가져와 마치 자신의 시인 양 발표한 행위는 '창작'이 아닌 '도작'이 맞다. 이러한 행위는 인류 보편적 양심에 비춰 보면 '도둑질'이라는 혐의를 벗을 수 없다.

앞에서 살펴본 글의 배경을 이해하는 데 도움이 될 기사가 있다. [한겨레] 신문의 '마광수 교수, 제자 시 무단 도용'이라는 한승동 선임기자의 기사이다. 마광수 교수의 무단 도용 건에 대해 그 배경과 출판사와 마 교수의 의견을 충분히 알 수 있기 때문이다. 그 내용은 다음과 같다.

… 이 시집을 낸 해냄출판사는 5일 "2006년 4월 출판한 마광수 시집 『야하디 얄라숑』에 수록된 시 「말에 대하여」가 20여 년 전 홍익대학교 제자 김이원(43)씨의 시를 무단 사용했음을 지난 4일 저자로부터 확인했다."며 "표절이라고 판단해 전국 서점에 이 사실을 알리고 해당 도서의 판매 중지와 수거를 요청해 폐기할 계획"이라고 밝혔다. 해냄출판사 관계자는 또 "마 교수가 연락을 해 「바이올린」이라는 시에 문제가 있으니 빼달라고 했다."고 밝혀, 표절시가 한 편 더 있는 것으로 확인됐다. 해냄출판사는 마 교수가 자신이 운영하는 홈페이지 회원이 검토해 달라고 보낸 시를 시집에 실었다고 밝혔다.

해냄출판사는 『야하디 얄라숑』이 마 교수가 20대부터 2005년까지 쓴 시 350여 편을 엮은 것으로, 초판 2천 부 발행 이후 재쇄 1천 부까지 더해 지금까지 총 3천 부를 제작했다고 설명했다.

문제의 시 「말에 대하여」는 김이원 씨가 20여 년 전 홍익대 교지에 발표했던 작품으로, 마 교수는 연세대 교수로 임용되기 전인 1970~80년대 초반 홍익대에서 조교수로 강의를 했다. 마 교수는 이날 [연합뉴스]와의 전화통화에서 "모두 내 탓이다. 옛 홍익대 교지를 우연히 보다가 그때 알고 지냈던 여학생의 시가 너무 아까워 조금 고치고 그대로 썼다"며 "최근 제자를 만나 사실을 다 얘기했고 별 말이 없어서 양해를 한 줄로만 알았다."고 말했다. 그는 또 "시집의 성향에 크게 영향을 미치지도 않을 것이었는데 쓸데없는 차용이었다."며 "어쨌든 모두 내가 잘못해 생긴 일"이라며 사과했다고 [연합뉴스]는 전했다.

해냄출판사 관계자는 마 교수가 지난해 11월께 모임에서 김 씨를 만나 사실을 먼저 얘기하고 미안하다는 뜻을 밝혔으나, 김 씨가 최근 이를 여러 곳에 제보한 걸로 알고 있다고 말했다. …

— [한겨레], 2007.1.5.

시집 『야하디 얄라숑』의 작품 해설 허두에서 문학평론가 유성호(한국교원대 교수)는 "마광수를 둘러싸고 있는 이미지는 비교적 모노크롬(monochrome)에 가깝다. 그것은 그에 관한 평판들이 대부분 '야한 여자'나 '장미 여관', '사라' 등 작품의 표제들로 상징되는 폐쇄회

로에 갇혀 있기 때문이다. 더구나 소설 『즐거운 사라』(1992)로 촉발되었던 미증유의 필화 사건이나, 이미지를 착근시킨 데 결정적 계기를 부여하였다."라고 표현했다. '마광수'라고 하면 대부분의 사람은 이 시대의 탐미적 관능과 연결하여 생각한다. 그러나 시를 '도작'한 문제는 이와 달리 해석해야 옳을 것이다.

『명심보감』 '안분편'에서 "만족할 줄 알아 항상 만족하면 평생 동안 욕되지 아니하고, 그칠 줄 알아 항상 그치면 평생 동안 부끄러움이 없다.(知足常足이면 終身不辱하고 知止常止면 終身無恥니라.)"라는 말을 마광수 교수가 가슴 깊이 새겨 보았다면, 이런 황당한 일이 없었을 것이라는 안타까운 마음이 든다.

3. 강희안의 표절 의혹 시 읽기

강희안 시인이 2011년 《애지》 여름호에 발표한 시 5편 중에 「냄비들의 사생활」이란 시가 있다. 그는 이 시에 표절과 패러디에 대한 생각을 담고 있다. 아마도 자신이 표절 시비에 시달렸던 기억의 잔상이 이 시에 녹아든 것일 수도 있을 것 같아 추적해 보았다. 그 부분은 진한 글씨로 구분해 놓았다.

냄비들은 제5공화국 시절부터 대머리를 베껴 먹으며 이리들썩 저리풀썩 나댔다지요 좌파들의 모함에 따라 이이의 십만양병설까지 들먹였다지요? 전쟁 발발 확률 제로라며 햇볕정책을 우롱하더니 말입니다 히딩크가 순신이를 흉내낸 4강해전의 신화가 한국전쟁까지 야기했다나요? 더욱이 미군이 참전하였는데도, The war*가 국수적인 헐리웃이라고 극찬을 아끼지 않았다지 뭡니까 이(위)대한 나라를 외치던 입시울 소리가 3개월 만에 대권을 완롱하더니 냄비까지 바다에 띄웠다구요? 일거에 입을 맞춰 딸깍대는 뚜껑들의 소리에 무연히도 학익진의 선봉에서 노를 놓치는 수모까지 겪었다네요 결과적으론 문민정부 출범 이후 냄비들이 바닥부터 타기 시작했다구요? 그들은 IMF는 십년 뒤의 후일담이니 조용히 묻어두자 타이르더군요 오늘도 '누가 표절했다더라' 인터넷에 올리니 또 벌겋게 달아올라 몰려다니네요 발기인단을 꾸려 비슷한 어구 몇 개 보여주고는 우굴쭈굴 덤벼들 태세라나요? 냄비들은 바로 찌그러져 주세욧! 대체 누구냐구요? 내일의 공판은 제2호 법정에서 열리며 당신의 결격 사항인 표절과 패러디 시비에 관한 건입니다

패러디와 표절의 기준 1항은 원본을 모방했을 때, 개성적인 사유를 얼마만큼 삽입했는가 아니냐의 문제입니다 함부로 냄비의 질에 끼워 착상했다면 표절이 되는 것입니다 물론 아이가 꼭 빼닮았다 해도 허락을 받고 대가를 치른 경우라면 다른 유전자로 분류된다는 말입니다

* 심형래 감독의 SF 영화

— 강희안, 「냄비들의 사생활」 전문

아니나 다를까 작품을 통해 강희안 시인이 표절 의혹에 대한 트라우마가 있음을 확인했다. 강희안 시집 『지나간 슬픔이 강물이라면』(문학사상사, 1996) 98~101쪽에 수록된 「살아 있는 풍경」이라는 시에 표절 그림자가 드리워져 있었다. 1980년 [조선일보] 신춘문에 당선작인 장석의 「풍경의 꿈」과 강희안의 「살아 있는 풍경」을 비교해 보면 심각한 표절임을 알 수 있다. 누가 읽더라도 강희안의 「살아 있는 풍경」에는 장석의 「풍경의 꿈」의 그림자가 너무 짙게 드리워져 있음을 알 수 있다. 다시 말해 표절 의혹이 든다. 두 편을 비교하면서 읽어 본다. 특히 진한 글씨 부분만 주목해도 유사성을 금방 알 수 있다.

I

나는 한낮의 성숙한 하늘에 부조되는 장엄한 무늬를/ 보았다. 나의 것인 뜨거운 꿈 하나가/ 그 근처에 벌써 앉아 있었다./ 구름의 흰 살에 일어나는 물결들.// **나는 원했다.** 삶의 한 순간의 質인/ 강렬한 빛의 혼례를. 설레이는 **분만의 풍경을.**/ 끝없이 겹쳐 오는 모든 계절들의 힘을.// 더럽혀진 **풀의 형상으로**/ 대지의 낮은 중심에서 새들이/ 눈뜨고 있었다. 빛 한가운데로/ 소리의 騎士가 말 달리며 지나갔다.// 바람이 불어온다. 흩어져라. 단단한/ 풀씨들이여. 사랑의 熱들이여./ 날아올라라. 한없이 힘센 세력이여. 흰 욕망들이여.// 나는 부풀어갔다. 장엄한 문양과 내 꿈이/ 숨쉬는 따뜻한 열이 나를 상승시켰다./ 풀이 일어선다. 녹색의 무리들, 삶을 환히/밝혀주는 불붙는 표피여.// 나는 부끄러워 눈물 흘렸다. 내 꿈은/ 나에게 입맞추어주었다.

II

삶을 준비하는 자가 새를 날려보냈다. 어둠 속으로/ 새는 젖혀진 밤의 골목으로 날아갔다. 새는/ 무너진 너의 슬픔 위로 떨어졌다.// 그의 흰 깃이 남긴 무늬의 물결 속에서, 헤아릴 수 없이 어두운 숲의 한 가지에서/ 태어나는 불꽃처럼 밤은 빛나는/ 몇 개의 눈을 뜨고/ 우리는 숨의 증기인 눈물을 흘렸다.// 두 번째 새는 돌아오지 않았다. 문법 바다의/ 가장 서늘한 심연에서 이마에 불을 단/ 우스꽝스런 심해어인 사랑이/ 헤엄치고 있었다. 지상의 어두운 골목에서/ 새는 차갑게 불타고 있었다.// 노아의 세 번째 비둘기는/ 황금빛 올리브 잎사귀를 물고 왔다…….// 이제 삶은 신성한 停止이며,/ 그의/ 그림자인 풍경만이 변모한다./ 그의/ 입김인 바람은 흩어진다. 소리의 철책 사이에서.// 새여,/ 슬픔의 첨탑 위로 떨어지는 푸른 입술이여…….

— 장석, 「풍경의 꿈」 전문

1

나는 벌거벗은 하늘을 흐르는/ 빈 강물을 보았다/ 산수유 숲의 새한 마리가/ 바람 따라 하늘 한 모서리에/ 앉아 있었다/ 구름의 가슴을 열어 일어나는/ 혈맥의 무리를// 나는 노래했다. 살아 있는 풍경을/ 긴장한 육신의 정물을/ 밀물처럼 몰려오는 물상들의 힘을// 새는 날아오르는 구름의 형상으로/ 지상의 낮은 곳에서 낮게만/ 날고 있었다. 바람 한가운데로/ 한 폭의 여인이 소리 없이 걸어가고/ 비가 온다. 빈 가슴의 눈물로 온다/ 젖어라. 건조한 畵筆이여/ 진한 꽃잎들이여/ 날아오르라. 날카로운 부리의 새여/ 흰 욕망의 깃털들이여// 나는 눈뜨고 있었다. 더운 꿈과/ 미더운 내 붓의 물기로/ 山이 일어선다. 숲의 무리를/삶의 물상들을 아프게 밝혀내는 연한 속살들이여// 나는 숲 속에서 부끄러웠다/ 내 山도 나를 낳지 못했다

2

삶을 연습하는 자가 山을/ 일으켜 세웠다. 새는 별빛 먼 숲을 위해/ 지상의 막다른 어둠 속으로 날아갔다// 그의 젖은 입술이 남긴 아름다운/ 입맞춤으로도 그려지지 않은/ 파랗게 물오른 팔뚝의 한 가지에서/ 너는 풀씨처럼 눈을 감았지만/ 어둠은 여전히 안개를 피올리고// 그래, 새는 다시 山을 날지 못했다/ 오밀조밀한 숲의 호흡을 헤집고/ 이마에 불을 단 반딧불 같은 사랑이/ 날고 있었다. 지상의 마지막 꽃잎이 질 때도/ 너는 차갑게 일어서고 있었다// 네 최후의 기쁨으로 완성한/ 유채색 수풀의 고요 밖/ 물상들은 눈을 뜨며/ 한 마리 새를 지상으로 날려 보냈다// 이제 삶은 신성한 집중이며/ 숲의

그림자인 안개는 풍경 속으로 풀어진다/ 새의 호흡인 물소리도 잠들지 못한다/ 네 빛나는 눈물 사이에서// 山이여,/ 슬픔의 입술 위로 떨어지는 푸른 물방울이여

— 강희안, 「살아 있는 풍경」 전문

강희안의 시집 『지나간 슬픔이 강물이라면』에 장석의 시 「풍경의 꿈」을 차용 혹은 인용했다는 문구는 그 어디에도 없다. 이 시집 5쪽 '저자의 말'에서 그가 "어떤 시류에도 눈길을 주지 않고 나만의 길을 외롭게 걸어가려 한다."라고 밝힌 것에 비춰 보면 이미 어떤 시류에 무임승차했음을 역설한 것일 수도 있다. 인터넷에 떠돌아다니는 글 중에서 시인 이승하(중앙대 교수)는 "강희안의 시집 『지나간 슬픔이 강물이라면』에서 장석의 시 「풍경의 꿈」을 인용하여 패러디 했다거나, 「풍경의 꿈」이 원문이라는 출처를 밝힌 흔적이 없다."라고 주장했다. 그는 "표절작이다. 낱낱의 묘사에서 행 구분 연 구분은 물론 전체적인 구성에 이르기까지 철저하게 모방한 작품이다."라고 설득력 있게 주장했다.

시집에 실린 신경림의 작품 해설이 아이러니다. 이 시집 105쪽에는 '아무도 흉내 내지 않았고, 누구도 흉내 낼 수 없는 시'라는 제목, 표지 뒷면에는 '누구의 흉내도 내지 않았고, 누구도 흉내 낼 수 없는 시'라는 제목이 붙어 있다. 115쪽에서 "그의 시는 남을 흉내 낸 것도 아니고 남이 흉내 낼 수 있는 것도 아닌, 오로지 그만의 세계인 것

이다."라며 해설했다. 시인 이승하도 이 대목을 지적했다. 시인 신경림의 미련함과 시인 이승하의 예리함이 돋보인 대목이다.

4. 신춘문예 당선 취소 표절 시 읽기

1) 2002년 [조선일보] 신춘문예 당선 취소 표절 시조

2002년 [조선일보]는 신춘문예 시조 당선을 취소하였다. 독자가 제기한 표절 의혹을 자체 조사를 통해 검증한 결과 표절이라 판정했다. [조선일보]는 지면을 통해 아래와 같이 당선을 취소하는 알림을 실었다.

> 2002년 [조선일보] 신춘문예에서 시조 부문 당선작으로 발표됐던 나홍련 씨의 작품 「겨울판화」의 당선을 취소합니다. 이 작품이 1989년 [대구매일] 신문의 시 부문 당선작 「겨울판화」를 부분적으로 표절했다는 심사위원의 판단이 있었기 때문입니다. 해당 심사위원이였던 윤금초 씨는 "제목, 작품배경, 주제, 소재와 시적 발상은 물론 일부 시어(詩語)까지 차용하고 있으므로 표절시비에서 완전히 자유로울 수 없다."며 '당선 취소 이유서'를 보내왔습니다. 윤 위원은 또 "시나 시조 소설 등 문학 작품에 얽힌 표절 시비는 어제 오늘의 일이 아니지만, '표절' 악습의 싹을 자르고 표절 행위가 관행이

나 타성처럼 번지게 될 우려와 위험성을 차단하기 위함."이라고 이유를 밝혔습니다. 조선일보는 이 과정에서 시인, 평론가 여섯 분의 의견을 참고했고, 신춘문예의 응모와 심사에 높은 수준의 엄정성을 지향한다는 뜻에서 당선을 취소하기로 결정했습니다. 응모자는 이 결정을 수용했습니다.

— [조선일보], 2002.1.30.

이같이 [조선일보]가 지면을 통해 나홍련의 작품 「겨울판화」는 "1989년 [대구매일] 신문의 시 부문 당선작 「겨울판화」를 부분적으로 표절"한 작품임을 밝혔다. 심사위원 윤금초 씨가 밝힌 "제목, 작품 배경, 주제, 소재와 시적 발상은 물론 일부 시어까지 차용하고 있으므로 표절 시비에서 완전히 자유로울 수 없다."라는 문장을 보면 부분적인 표절이 아닌 심각한 표절인 '도용' 수준임을 알 수 있다. 나홍련은 박윤배의 「겨울판화」 6개 연 중 1연의 일부를 몰래 따와서 당선 취소작 1연과 2연에 짜깁기해 넣었다. 이것이 표절이다. 일부 시어를 차용한 것이라 여길 수 있을 법하지만, 심사위원은 엄격한 잣대로 출처를 밝히지 않은 차용이야말로 표절 행위라고 본 것이다. 표절 행위에 대해 변명의 여지를 남기지 않았다. 이것은 일종의 경종이다.

바다 빛이 뚝뚝 떨어지는 어물전 좌판대 위

비릿한 냄새 풍기며 하얗게 뒤집힌 고등어들
얼음꽃 차디찬 살갗, 지느러미만 파닥인다.

시퍼런 파도소리 등줄기에 서럽게 실려
아가미를 벌리다가 하얀 소금알 몇 개 문
썰렁한 아침 너머로 먼 바다가 출렁이고.

겨울의 상처들이 찢긴 비늘 속으로 숨는다.
소금물에 절인 살점, 반란의 흔적이 얼핏 보이고
그들은 꿈꾸고 있다. 푸르게 닿는 바다새 울음

회색빛 물감을 풀어 희미해진 어물전 저녁
부서진 상자 속에 주검들이 줄줄이 꿰어져
눈발이 서럽게 내린 삭막한 풍경도 그려 넣자.

— 나홍련, 「겨울판화」 전문

헛배가 자꾸 불러온다
비닐포장 처마 위에 눈이 쌓이고
얼음꽃 차디찬 이마 뉘인 고등어들
비린내 상자에 잠겨서 지느러미를 꺾고 있다
등줄기 시퍼런 파도가
살갗에 달라 붙는 소금알 몇 개를 닦아내고 있다

— 박윤배, 「겨울판화」 1연

박윤배의 원작과 나홍련의 당선 취소작을 비교해 보면 일부만 몰래 따왔음을 알 수 있다. “하얗게 뒤집힌 고등어들/ 얼음꽃 차디찬 살갗”은 “얼음꽃 차디찬 이마 뉘인 고등어들”에서 따왔고, “지느러미만 파닥인다.// 시퍼런 파도소리 등줄기”는 “지느러미를 꺾고 있다./ 등줄기 시퍼런 파도가”에서 따왔음은 물론 “소금알 몇 개 문”은 “소금알 몇 개”에서 따왔다.

이처럼 나홍련의 「겨울판화」가 박윤배의 「겨울판화」에서 일부만 따왔음에도 표절한 작품으로 결론이 났다. 몰래 따왔음이 명확하고, 마치 자신이 창작한 것인 양 출품한 것이 문제의 핵심이었던 것 같다. ‘출처의 윤리’라는 잣대로 들이대어 보면 당선 취소는 당연한 조치이다. 만일 유연한 태도를 견지하고 표절이 아니라고 결론을 맺었다면 [조선일보]의 신춘문예 권위는 추락했을 것이다.

2) 2006년 [서울신문] 신춘문예 당선 취소 시

海枯終見底나 人死不知心이니라.
“바다는 마르면 마침내 바닥을 볼 수 있지만,
사람은 마음을 알지 못한다.”

—『명심보감』 ‘성심편’에서

2006년 [서울신문] 신춘문예에 시 당선작 「아쿠아리우스」가 당선 취소되었다. [서울신문]은 '발표작'이라는 이유에 초점을 맞춰 지면을 통해 아래와 같이 당선 취소 사실을 공개했다.

> [서울신문]은 2006년 신춘문예 시 부문인 최호일 씨의 「아쿠아리우스」의 당선을 취소합니다. 이 작품이 한국수자원공사가 2004년 실시한 제15회 물사랑글짓기 공모 입상작인 이모씨의 「물병자리별」과 동일한 사실이 뒤늦게 밝혀졌기 때문입니다.
> 최 씨는 "지역 시동인 후배인 이 씨가 2년 전 품평회에서 돌렸던 내 작품을 몰래 가져다 응모한 것이라 전혀 몰랐다."고 주장하고, 이 씨도 "그렇다."고 시인했으나 같은 작품이 이미 이 씨의 이름으로 발표된 만큼 미발표작을 대상으로 하는 [서울신문] 신춘문예의 규정에 어긋나는 행위입니다. …
>
> — [서울신문], 2006.1.26.

[서울신문]은 "이미 이 씨의 이름으로 발표된 만큼 미발표작을 대상으로 하는 [서울신문] 신춘문예의 규정에 어긋나는 행위입니다."라는 명목을 내세웠다. 틀린 말은 아니다. 그러나 왠지 느슨한 태도를 견지하는 듯하다.

> 물은 수시로 하늘과 내통한다는 사실을
> 편지를 쓸 줄 모르는 어머니는 알았던 것이다

달마다 피워 올리던 꽃을 앙 다물고
그이는 양수 속에서 나를 키웠다
그 기억 때문에 목마른 사랑이 자주 찾아 왔다
지금도 물 한 그릇을 보면 비우고 싶고
물병같이 긴 목을 보면 매달리고 싶고
웅덩이가 있으면 달려가 고이고 싶다
어디 없을까 목마른 별 빛
물의 심장이 두근거리며 멎을 때까지
아주 물병이 되어 누군가를 적셔주고 싶다
아니, 트로이의 미소년 가니메데에게
눈물 섞인 술 한잔 얻어 마시고
취한 만큼 내 안의 고요를 엎지르고 싶다
한밤중의 갈증에 외로움을 더듬거려
냉장고 문을 열면, 그리웠다는 듯
반짝 켜지는 물병자리 별 하나

— 최호일, 「아쿠아리우스」 전문

이 작품의 불편한 진실은 창작자의 후배가 「물병자리별」로 제목만 바꿔 '도작'하여 공모전에 응모했다는 것이다. [서울신문]의 당선 취소의 명목은 입상작으로 이미 지면에 발표되었다는 것을 내세워 그 '도작' 행위를 창작자와 그 후배의 몫으로 남겨 놓았다. '도작'은 분명 불법 행위이므로 [서울신문]은 법적 문제에 휘말리지 않기 위해서 노력한 흔적을 남긴 것이다.

창작자의 입장에서는 당선 취소가 억울할 수밖에 없다. 자신의 창작품이기 때문에 더욱 가슴 아플 것이다. 이런 일을 접할 때면 사람을 잘 사귀어야 한다는 것을 다시금 실감한다. 『명심보감』 '성심편'의 "바다는 마르면 마침내 바닥을 볼 수 있지만, 사람은 마음을 알지 못한다.(海枯終見底나 人死不知心이니라.)"라는 말이 실감난다. 이처럼 신춘문예 앞에서 사람의 마음을 너무 믿으면 낭패를 당할 수도 있다.

3) 2011년 [서울신문] 신춘문예 당선 취소 시

2011년 [서울신문]은 신춘문예 시 당선을 취소하였다. 이슬 씨가 제기한 표절 의혹을 자체 조사 및 검증한 결과, [서울신문] 지면을 통해 당선을 취소하는 알림을 아래와 같이 실었다.

> [서울신문]은 2011 신춘문예 시 부문 강정애(59) 씨의 「새장」 당선을 취소합니다. 2009년 제8회 지용백일장 고등학생 부문 차상(次上) 수상작인 이슬(19) 씨의 「우산」과 상당 부분 흡사한 사실이 드러났기 때문입니다.
>
> 강 씨는 "2008년 가을쯤 「새장」을 썼으며 당시 함께 시 수업을 받던 이 씨에게 이 습작시를 보여 주고 합평했다."고 주장합니다. 이 씨는

"강 씨와 함께 시 수업을 받은 적이 한 번도 없다."고 부인했습니다. 두 사람에게 시를 가르쳤던 박해람 시인은 "강 씨와 이 씨가 여러 차례 함께 시 공부를 했으며 강 씨가 「새장」을 먼저 쓴 것이 맞다." 고 밝혔습니다. 이에 대해 이 씨는 "내가 쓴 「우산」 초고를 박 시인이 손질해 줬고, 이 중 일부 표현을 박 시인이 강 씨에게 줬다."고 재반박했고, 박 시인은 이를 전면 부인했습니다.

[서울신문]과 시 부문 심사를 맡은 4명의 위원들은 현재까지 드러난 정황상 강 씨가 표절했다는 혐의는 없는 것으로 자체 결론을 내렸습니다. 그러나 당사자들의 주장이 엇갈리는 데다 비슷한 작품이 이미 이 씨의 이름으로 발표된 만큼 미발표작을 대상으로 하는 [서울신문] 신춘문예 규정에 어긋난다는 판단 아래 당선 취소를 결정했습니다. …

— [서울신문], 2011.3. 26.

이같이 [서울신문] 지면을 통해 당선 취소 이유로 미발표작이 아니라는 것을 내세웠다. 서두에 "2011 신춘문예 시 부문 강정애(59) 씨의 「새장」 당선을 취소합니다. 2009년 제8회 지용백일장 고등학생 부문 차상(次上) 수상작인 이슬(19) 씨의 「우산」과 상당 부분 흡사한 사실이 드러났기 때문입니다."라고 밝히면서도 '표절'이라는 용어를 사용하지 않았다. 강정애 씨의 작품 「새장」을 "현재까지 드러난 정황상 강 씨가 표절했다는 혐의는 없는 것으로 자체 결론을 내렸습니다."라고 표절 여부에 대해서는 결론을 유보한 것처럼 표현하였다. 달리 보면 일정한 거리를 두고 표절 시비가 사라질 때까지 관망하려는 숨은 의도가 있지 않았나 의심이 든다.

또한, "이미 이 씨의 이름으로 발표된 만큼 미발표작을 대상으로 하는 [서울신문] 신춘문예 규정에 어긋난다는 판단 아래 당선 취소를 결정했다."라고 명목을 내세웠다. 이 같은 논리는 2006년 신춘문예 시 당선작 최호일의 「아쿠아리우스」를 당선 취소할 때의 논리와 맞닿아 있다. 창작자의 후배가 제목만을 바꿔 도작하여 이미 발표했다는 것을 내세운 것과 동일하다. 이 또한 왠지 느슨한 태도를 견지하는 듯하다.

나무 밑 떨어진 이파리들은 모두/ 누군가 한 번쯤 신었던 흔적이 있다/ 낡은 그늘과 구겨진 울음소리가 들어있는 이파리들/ 나무 한 그루를 데우기 위해/ 붉은 온도를 가졌던 모습이다// 저녁의 노을이 모여드는 한 그루 단풍나무 새장/ 새들이 단풍나무에 가득 들어 있는 저녁 무렵/ 공중의 거처가 소란스럽다./ 후렴은 땅에 버리는 불안한 노래가 빵빵하게 들어 있는/ 한 그루 새장이 걸려 있다/ 먼 곳을 날아와 제 무게를 버리는 새들/ 촘촘한 나뭇가지가 잡고 있는 직선의 평수 안/ 바람이라도 불라치면 후드득, 떨어지는 새들의 발자국들// 모든 소리를 다 비운 새들이 날아가는// 열려 있으면서 또한 무성하게 닫혀 있는 새장/ 허공의 바람자물통이 달려 있는 저 집의/ 왁자한 방들/ 잎의 계절이 다 지고 먼 곳에서 도착한 바람이/ 그늘 마저 둘둘 말아 가면/ 새들이 앉았던 자리마다 새의 혀들만 남아 있을 것이다 // 그늘이 사라진 자리에는 새의 혓바닥들만 부스럭거릴 것이다// 모두 그늘을 접는 계절/ 간혹, 지붕 없는 새의 빈 집과/ 느슨한 바람들만 붙어 흔들리다 간다/ 한 그루 단풍나무가 제 가슴팍에 부리를 묻고 있는 저녁/ 후드득, 바닥에 떨어지는 나무의 귀/ 누군가 새들의 신발을 주워 책갈피에 넣는다

— 강정애, 「새장」 전문

[서울신문]은 강정애(59)의 「새장」이 "2009년 제8회 지용백일장 고등학생 부문 차상(次上) 수상작인 이슬(19) 씨의 「우산」과 상당 부분 흡사한 사실이 드러났다."라고 서두에 밝힌 것은 회갑을 앞둔 어른이 어린 학생의 글을 베꼈을 가능성을 열어놓은 것일까?

여기서 2009년 제8회 지용백일장 차상 당선작 「우산」을 읽어 본다.

모든 것들은 제 무게만큼의 그늘을 키우며 산다/ 잎 넓은 오동나무 밑으로 비를 피해 들었던 기억이 있다/ 그러고 보면 모든 나무들은 방수의 그늘이 있다/ 활짝 우산이 펼쳐지듯 잎을 피워낸 그늘 밑으로/ 촘촘한 나뭇가지가 잡고 있는 잎의 넓이들/ 바람이라도 불라치면 후드득,/ 살구처럼 떨어지는 소리들// 새들이 비를 피해 나뭇가지에 앉아 있다/ 모든 소리를 다 비우고서야/ 새들이 우산 밖으로 후드득

날아간다// 잎의 계절이 다지고/ 먼 곳에서 도착한 바람이/ 그늘마저 둘둘 말아 가면/ 새들이 앉았던 자리마다 새의 혀들이/ 소란스럽게 돋아날 준비를 할 것이다// 몇 번의 여우비와 몇 번의 소나기가 다녀갈 것이고/ 그러는 사이 몇 개의 우산살은 부러질지도 모른다/ 자동으로 펴졌다 접히는 우산/ 모두 그늘을 다 접는 계절이 오면/ 간혹, 지붕 없는 새의 빈 집과/ 느슨한 바람들만 붙어 흔들리다 갈 것이다// 그늘이 사라진 자리에는/ 새의 혓바닥들만 부스럭거릴 것이다

— 이슬, 「우산」 전문

「우산」으로 2009년 제8회 지용백일장 차상에 당선된 이슬 씨는 '신춘 85년 사상 첫 여고생 당선 17세 천재 소녀시인 문단 강타'라는 신문 기사 제목을 달고 혜성처럼 특별한 존재로 나타났다. 2010년 [광주일보] 신춘문예에 당선된 것이다. 불행하게도 중복 투고가 밝혀져 당선이 취소되었다. 이슬 씨가 신춘문예에 당선될 때까지만 해도 강정애 씨 때문에 2011년 신춘문예 표절 시비에 자신의 이름이 다시 거론될 줄은 꿈에도 몰랐을 것이다.

이슬 씨는 표절과 관련은 없지만, 불행하게 신춘문예 때문에 2년 연속 언론에 이름을 올렸다. 이슬 씨의 2010년 [광주일보] 신춘문예 당선 취소작 「오르골」을 참고로 읽어 본다.

나무의 뿌리들이 태엽을 감고 있는 시간/ 누군가 상자뚜껑을 열듯

소리를 쏟아내는 나무들의 춤/ 소리가 멎을 때까지 흔들리는 일에 한창이다/ 울긋불긋 어지러운 현기증을 다 털어낸 자리/ 나뭇가지를 뛰어 다니며 놀던 수액들은 모두 바람이 된다/ 앞뒤를 보여주며/ 숨기는 것 없다는 듯 보여주는 엽록의 투명한 연주가 길다/ 잎의 사이사이마다 음계가 반짝거린다// 새들이 앉았다 간 나무 밑마다/ 불안한 노래가 가득 떨어져 있다/ 뿌리가 감고 있는 것은 깊은 어둠이다/ 칸칸의 어둠에 앉았다 날아가는 새들/ 가끔 잎을 털어내는 환한 시간이면 날아오르는 새들이 있다// 가장 밝았던 한 때/ 꽃잎의 치어들을 다 허공에 날려 보내고/ 나무는 지금 푸르게 비어 있다/ 꽃의 그늘이 진 자리에 초록의 소리가 가득하다// 바람의 흔적이 가득한 나무 속/ 나이테를 돌아 풀어지는 태엽/ 평생 춤출 곡이 빙빙 돌아 어지럽게 새겨져 있다// 푸른 치마를 입고 거꾸로 서서 흔들리는 듯/ 바람이 상자를 닫는 시간/ 음계들이 떨어진 나무 밑에는 그늘도 다 졌다/ 나선형의 나이테 그 길이만큼 춤은 멈추지 않을 것이다

— 이슬, 「오르골」 전문

이들 신춘문에 당선 취소작에는 불편한 진실이 숨겨져 있다. 당선자들에게 시를 가르쳤던 박해람 시인의 도덕성 때문에 문제가 발생했다는 것을 드러내지 않았다. [서울신문]의 당선 취소 명목은 이미 지면에 발표되었다는 것을 앞세워 창작 지도자와 창작자가 합작

으로 불법 행위를 자행한 도덕적 문제를 남겨 놓았다. 여러 작품을 짜깁기하는 부분적 도용도 범죄 행위이므로 [서울신문]이 법적 문제에 휘말리지 않기 위해서 노력한 흔적이다.

이 경우 당선자의 입장에서 당선 취소를 겸허히 수용했을까? 이런 기사를 접할 때면 세상에는 양심에 털 난 사람이 많다는 것을 알 수 있다. 갑자기 유행가 가사 "세상은 요지경 …"이 떠오른다. 이 세상에는 짜가(가짜)가 판치는 것 같다.

4) 2011년 [중앙일보] 신인문학상 당선 취소 시

種瓜得科요 種豆得豆니 天網이 灰灰하여 疎而不漏니라.
"오이 심으면 오이를 얻고, 콩을 심으면 콩을 얻는 법이니,
하늘의 그물이 넓고 넓어서 성기어도 새지 않는다."

—『명심보감』 '천명편'에서

2011년 [중앙일보]가 중앙신인문학상 시 부문 당선을 취소하였다. 독자가 제기한 표절 의혹을 자체 조사한 결과를 [중앙일보] 지면을 통해 당선을 취소하는 알림을 아래와 같이 실었다.

[중앙일보]는 2011 중앙신인문학상 시 부문 당선작인 김미나(47) 씨의 「포란의 계절」의 당선을 취소합니다. 본지는 당선작 발표 후 일

부에서 제기된 「포란의 계절」의 표절 의혹에 대해 면밀하고 신중하게 조사했습니다. 당사자 김 씨와 표절 의혹을 제기한 측의 얘기를 들었고, 심사에 참여했던 시인(예심: 문태준 · 권혁웅, 본심: 이문재 · 나희덕)은 물론 중립적 입장의 시인 · 평론가들에게도 폭넓게 의견을 구했습니다.

그 결과 「포란의 계절」이 다른 시(강정애의 「새장」, 김후인의 「나무의 문」, 박해람의 「독설」 등)를 명백하게 표절한 것으로는 볼 수 없다는 판단을 내렸습니다. 하지만 결코 우연의 일치라고는 볼 수 없을 만큼 어휘와 소재, 발상 등 여러 층위에서 「포란의 계절」과 관련 작품들 사이에 표절에 근접한 유사성이 있다는 사실에 주목했습니다. 이에 따라 「포란의 계절」이 등단작으로서 갖춰야 할 독창성이 현저하게 부족하기 때문에 당선을 취소할 수밖에 없다는 결론에 도달했습니다.

이번 결정은 가능성 있는 문학 신인의 앞날을 가로막기 위한 것이 아닙니다. 오히려 당사자가 당선 취소로 인한 어려움을 극복하고 어느 누구도 이의를 제기할 수 없는 훌륭한 작품을 쓰는 것만이 명예를 회복할 수 있는 길이라고 생각했기 때문입니다. 김미나 씨의 건투를 빕니다. …

— [중앙일보], 2011.11.18.

이같이 [중앙일보]는 지면을 통해 당선 취소를 하면서 "「포란의 계절」이 등단작으로서 갖춰야 할 독창성이 현저하게 부족하기 때문에 당선을 취소할 수밖에 없다는 결론에 도달했다."라고 밝혔다. 또한, "「포란의 계절」이 다른 시(강정애의 「새장」, 김후인의 「나무의 문」, 박해람의 「독설」 등)를 명백하게 표절한 것으로는 볼 수 없다는 판단을 내렸습니다. 하지만 결코 우연의 일치라고는 볼 수 없을 만큼 어휘와 소재, 발상 등 여러 층위에서 「포란의 계절」과 관련 작품들 사이에 표절에 근접한 유사성이 있다는 사실에 주목했습니다."라며 명백한 표절은 아니지만, 표절에 근접한 근사성은 인정했다.

여기서 당선 취소작인 김미나의 「포란의 계절」을 읽어 보고, 문제의 2011년 [부산일보] 시 당선 취소작인 김후인의 「나무의 문」을 읽어 본다. 이들은 2011년 신춘문예 때문에 시인이 갖추어야 할 도덕성에 치명타를 입었다.

흔들리는 집을 짓는 것들은 날개들뿐이다. 새들의 건축법에는 면적을 재는 기준이 직선에 있다고 나와 있다. 직선은 흔들리는 골재를 갖고 있다. 문 없는 집, 계단 없는 집, 지붕이 없는 집, 없는 게 너무 많아 그 집을 탐하는 것들도 별로 없다.

미루나무에 빈집 몇 내 얹혀 있다. 층층을 골라 다세대 주택 같다. 포란의 계절에만 공중의 집에 전세를 드는 새들, 알들이 아랫목처럼 따듯할 것 같다. 아궁이에선 초록의 연기가 피어오르고 어둠을 끌어다 덮으면 아랫목처럼 날개가 파닥일 것 같다.

공중 집을 보면 새들의 작고 뾰족한 부리가 생각난다. 날개에 붙어 있는 공중의 주소, 셀 수 없는 바람의 잔가지들이 엉켜 있어 수시로 드나드는 바람엔 개의치 않는다. 양 날개에 바람을 차고 나뭇가지를 나르던 가설의 건축.

쌀쌀한 날씨에 군불처럼 둥지에 앉아 있는 새들.

불안한 울음이 가득한 포란의 집. 짹짹거리는 소리가 나뭇가지를 옮겨 다닌다. 직선의 면적에 둥근 방. 문고리가 없다.

이제 소란한 공중은 새들의 소유다.

— 김미나, 「포란의 계절」 전문

[중앙일보]가 김미나의 「포란의 계절」을 당선 취소하는 알림 글에서 언급한 강정애의 「새장」은 2011년 [서울신문]에서 강정애의 「새장」을 당선 취소한 것에 대한 앞의 글에서 자세히 다루었으므로 여기서는 생략한다.

2011년 [부산일보]가 부일신춘문예 시 부문 당선을 취소하였다. [부산일보]는 지면을 통해 당선을 취소하는 아래와 같이 알림을 실었다.

2011년 [부산일보] 신춘문예 시 부문 당선작 「나무의 문」이 다른 신문사 신춘문예에 중복 투고된 사실이 뒤늦게 밝혀졌습니다. '동일한 원고를 타사 신춘문예에 중복 투고하면 심사에서 제외되며, 사후 확인될 경우 무효 처리됩니다. 작품의 표절이 밝혀질 경우에도 당선이 취소됩니다'라는 본사 신춘문예 응모 요강에 따라 해당 작품의 당선을 취소합니다. 독자 여러분께 사과드리며 해량 바랍니다.

— [부산일보], 2011.1.2.

[부산일보]에서는 표절 의혹에 대해선 언급도 하지 않았다. 중복 투고만으로도 당선 취소 사유가 성립하므로 그것만 언급한 것일 수도 있다. 여기서 부일신춘문예 당선 취소작을 읽어 본다.

몇 층의 구름이 바람을 몰고간다/ 그 몇 층 사이의 긴 장마와/ 연기가 접혀 있을 것 같다/ 바람의 층 사이에 머무르는 種들이 많다/ 發芽라는 말 옆에 온갖 씨앗을 묻어 둔다/ 여름, 후드득 소리 나는 것들을 씨앗이라고 말해본다// 나는 조용히 입 열고/ 씨앗을 뱉어낸 최초의 울음이었다// 오래 된 떡갈나무 창고 옆에/ 나뭇가지 같은 방 하나 들였다/ 나무에 걸린 바람을 들여놓고 싶었다/ 지붕이 비었을 때엔 빗소리가 크다/ 빈 아궁이에 솔가지 불을 밀어 넣으면/ 물이 날아올랐다/ 물기를 머금고 사는 것들이/ 방안을 채울 줄 알았다/ 아궁이 앞에서 뜨거운 울음의 족보를 본다// 실어 온 씨앗으로 바람은 키 작은 뽕나무를 키웠다/ 초여름, 초록이 타고 푸른 연기가 날아오르고/ 까만 오디가 달렸다// 문을 세웠더니 바깥이 들어와/ 빈 방이 되었다/ 바람의 어느 층이 키운 나무들은 흰 연기를 품고 있다/ 어제는 나무의 안쪽이 자라고 오늘/ 나무의 바깥이 자랐다// 나무는 어디가 문일까

— 김후인, 「나무의 문」 전문

[중앙일보]가 김미나의 「포란의 계절」을 당선 취소하는 알림 글에서 언급한 세 사람(강정애, 김후인, 박해람)은 누구일까? 이들은 '경운서당'이라는 시 창작 배움터에서 인연을 맺어 서로 연결 고리에 엮여 있다. 박해람 시인이 스승이고, [중앙일보]에서 거론한 '김미나, 강정애, 김후인'과 2011년 [서울신문]에서 강정애의 「새장」을 당선 취소하면서 거론한 '이슬' 양이 이곳에서 수학한 동문이다.

그래서 이들 연결 고리의 꼭대기에 앉아 있는 박해람이 거론된 것이다. 이러한 상황에 맞는 말인지 모르겠지만, 『명심보감』 '천명편'에 "오이 심으면 오이를 얻고, 콩을 심으면 콩을 얻는 법이니, 하늘의 그물이 넓고 넓어서 성기어도 새지 않는다.(種瓜得科요 種豆得豆니 天網이 灰灰하여 疎而不漏니라.)"라는 말을 한 번쯤 되새겨 보았다면 표절 행위를 하지 않았을 것 같다.

5) 2013년 [광주일보] 신춘문예 당선 취소 표절 시[36]

2013년 [광주일보]는 신춘문예 당선 시를 취소하였다. 2013년 1월 7일, '시인지망생'이라고 밝힌 한 독자가 인터넷 '독자투고'란에 당선 시를 두고 이덕규 시인의 시집 『밥그릇 경전』(실천문학사, 2009)에 수록된 「논두렁」을 표절한 작품이라고 이의를 제기했다. [광주일보]는 표절 의혹을 신속하게 심의한 결과 표절이라 판단했다. 그 사실을 [광주일보] 지면을 통해 아래와 같이 당선을 취소하는 알림을 실었다.

> 2013년 본보 신춘문예 시 부문 김승필 씨의 「삼거리 점방」 당선을 취소합니다. 이 작품은 이덕규 시인의 「논두렁」 작품 표절인 사실이 뒤늦게 밝혀졌습니다. '중복 응모나 작품의 표절이 밝혀질 경우에 당선이 취소됩니다.'라는 본사 신춘문예 응모 요강에 따라 해당 작품의 당선을 취소합니다.
>
> 해당 작품 응모자도 '당선 취소 결정'을 수용했습니다. [광주일보] 시 부문 신춘문예 심사를 맡았던 박남준·김정란 시인도 "당선 취소 결정에 이견이 없다."고 밝혔습니다. 두 심사위원의 판단은 [광주일보] 인터넷 홈페이지에서 자세히 확인할 수 있습니다. …
>
> — [광주일보], 2013.1.11.

36 이 글은 계간 《문장21》(2013, 봄호)에 발표한 글이다.

이처럼 [광주일보]가 신춘문예 당선 시 김승필의 「삼거리 점방」이 이덕규 시인의 「논두렁」을 표절한 시라고 인정하여 당선 취소 결정을 내렸다. 아래의 두 시를 비교해 읽어 본다. 진한 글씨로 표기한 시어를 관심 있게 보면서 시적 발상에 주목해 볼 필요가 있다.

감실감실 화랑 성냥 양초 **넣고**
시오리 길 전봇대 돌아 발쪽발쪽 막걸리 주전자 딱지 쫀득이 파리
채 **넣고**
귀신같이 동네 사람 죽은 걸 척척 알아맞힌 칠복이 아재 담상담상
검정 고무신 허리띠 **넣고**
머리빡 기계독 오른 동네 아이 **밀어 넣고**
오다마 삼양라면 박카스 크라운산도 브라보콘 농심새우깡 크라운
조리퐁 뽀빠이 맛동산 회똑회똑 **넣고**
넙죽넙죽 상둣도가 지나갈 때 눈 한번 꿈적하고
무뚝뚝이 아버지 악다구니 밀어 넣고
알금알금 파리똥 범벅 밀레 만종 액자 춘길 아재 이발소 면도 거품
집어넣고
쑥부쟁이 구절초 애기똥풀 쇠비름 고들빼기 똘똘 **말아넣고**
후루룩후루룩 뚝딱 마시면 배부르겠다.

— 김승필, 「삼거리 점방」 전문

찰방찰방 물을 넣고
간들간들 어린모를 넣고 바글바글 올챙이 우렁이 소금쟁이 물거미
미꾸라지 풀뱀을 넣고
온갖 잡초를 넣고 푸드덕, 물닭이며 논병아리며 뜸부기 알을 넣고
햇빛과 바람도 열댓 마씩 너울너울 끊어 넣고
무뚝뚝이 아버지를 넣고 올망졸망 온 동네 어른 아이 모다 복닥복닥
밀어 넣고
첨벙첨벙 휘휘 저어서 마시면,
맨땅에 절하듯
누대에 걸쳐 넙죽넙죽 무릎 꿇고 낮게 엎드린 생각들 길게 이어
붙인
저 순하게 굽은 등짝에 걸터앉아
미끈유월, 그 물텀벙이 한 대접씩 후르륵 뚝딱 들이켜면
허옇게 부르튼 맨발들 갈퀴손가락들 건더기째 꿀떡꿀떡 넘어가겠다

— 이덕규, 「논두렁」 전문

심사위원 김정란 씨는 [광주일보] 인터넷 홈페이지를 통해 서두에 "김승필의 작품 「삼거리 점방」과 이덕규의 「논두렁」을 꼼꼼히 비교한 결과, 의도적이든 그렇지 않든 표절이라는 판정을 내릴 수밖에 없었다."라고 명확히 밝혔다. 또한, 끝맺음에서도 "의도적인 표절이 아니라고 해도, 표절은 표절이다. 나로서는 두 작품의 유사

성이 전적인 우연의 결과라고 보기 힘들다는 결론을 내릴 수밖에 없었다. 매우 유감스럽다."라며 다시 표절임을 명확히 밝혔다. 그 주요 내용을 아래와 같이 더 읽어 본다.

… 표절이란 자구를 그대로 가져다 베끼는 것만이 표절이 아니다. 두 작품 사이에 완벽하게 일치하는 대목은 동사 "밀어넣고"와 "넣고", "마시면"과 명사 "무뚝뚝이 아버지", "후르륵 뚝딱"이라는 의성어뿐이지만, 몇 자가 원작과 표절 의혹 작품에서 일치하는가는 중요하지 않다. 자구를 베끼는 것보다 더 위험한 것은 창작 아이디어를 베끼는 것이다. 두 작품은 시적 발상이 완전히 똑같다. '시적 발상이 완전한 무에서 출발하는 것이 아닌 다음에야 비슷할 수 있지 않은가'라고 할지도 모르지만, 문제가 되는 시적 발상은 비슷할 수 있는 성격의 것이 아니다.
'소외되고 못난 것들을 한데 비벼 한끼 물텀벙 먹듯이 먹는다'라는 발상도 똑같을 뿐 아니라, 그 안에 사람들을 밀어넣어 마신다는 설정까지 똑같다. 특히 "무뚝뚝이 아버지"를 밀어넣는다는 발상, 극복하지 못한 아버지의 고집을 "먹어버림"으로써 오이디푸스적 상처를 극복한다는 심리적·시적 전략이 똑같다. 사람을 음식처럼 먹는다는 것은 매우 독특한 상상력이다. 그것이 우연히 겹쳐질 확률은 거의 없다고 보는 것이 옳다. 더욱이 두 작품은 의태어와 의성어를 특유의 토속적 호흡에 섞어 시의 리듬을 구성지게 만드는 외적 특징마저 똑같다. 역시 우연의 일치로 보기 힘들다. …

— [광주일보], 2013.1.10.

인용문을 보면 김정란 시인은 "자구를 베끼는 것보다 더 위험한 것은 창작 아이디어를 베끼는 것이다. 두 작품은 시적 발상이 완전히 똑같다."라고 분명히 하면서 시어와 시적 발상의 유사성과 근접성은 물론, 시적 발상의 일치성까지 결론으로 이끌어내었다.

김정란 시인은 시어의 표절보다는 시적 발상, 즉 아이디어의 표절이야말로 더 무서운 표절인 것으로 보았다. 그것은 시인으로서 올곧은 정신으로 무장하고 있다는 증거이기도 하다. 일부 시어의 일치는 우연성일 수 있다 하더라도 시적 발상에 대한 표절 행위에 대해 변명의 여지를 남기지 않았다. 이런 결론은 김정란 시인 자신의 앞날에도 분명히 도움이 될 것이다.

반면에 본심 심사를 맡았던 박남준 시인은, 심사위원으로서는 물론이고, 시인으로서도 자질이 의심스러울 정도의 핑계를 [광주일보] 인터넷 홈페이지에 발표했다. '2013 신춘문예 시 표절 의견'이라는 글에서 '영감'과 '무의식'을 내세워 표절자를 마치 옹호하려는 듯한 넋두리를 펼쳤다. 물론 결론에서 자신의 "좁은 안목으로 인해 독자 여러분과 당선자에게 심려를 끼쳤음을 사과한다."라는 말을 덧붙이기는 했으나, 그 말에 도달하기 위해 불필요한 말로 너무 많이 치장했다. 그 내용을 한 글자도 빠짐없이 그대로 아래에 인용한다.

그 이유는 이런 자질 없는 시인이 신춘문예 심사를 맡았다는 것을 독자들이 알 필요가 있기 때문이다.

> 등단한 지 몇 년 되지 않은 시절, 두어 번 아주 당혹스러운 문제에 부딪혔었다. 문득 영감처럼 떠오른 시의 한 구절이 어디선가 보았던 것 같은 생각이 들었기 때문이다. 누구의 시였지? 밤새 시집을 들춰보며 찾아보았다. 그런 문장을 발견할 수가 없었다. 차라리 어느 누구의 시에 그와 같은 표현이 발견되었다면 일찌감치 그 문장을 포기할 수 있었을 것이다. 며칠을 끙끙거리며 안절부절 시집들을 뒤졌지만 찾을 수가 없었다. 결국 그 문장이 들어간 시마저도 포기해 버린 경우가 있었다. 왜냐하면, 그 문장으로 인해 살이 돋고 옷을 입혔기 때문이다.
>
> 어떤 강력한 인상이 뇌리에 박혀 무의식 속에 자리 잡히기도 한다. 진실로 의도하지 않았음에도 불구하고 그 무의식 속에 잠재되어 있는 것이 비슷한 조건이 주어지면 반사 신경처럼 튀쳐나올 수도 있다. 모든 예술가, 시인이나 창작자들이 무의식적으로 떠오른 느낌에 취하지 않겠는가. 올해 [광주일보] 신춘문예 시 부문 당선자 또한 그러지 않았을까 생각한다. 심사위원의 한 사람으로 미리 점검해 보지 못한 좁은 안목으로 인해 독자 여러분과 당선자에게 심려를 끼쳤음을 사과한다. 또한, [광주일보사]에 진심으로 죄송하다는 말씀 드린다.
>
> — [광주일보], 2013.1.10.

적어도 박남준 시인의 이번 글 수준은 엉터리다. 그는 취소 사태가 신춘문예 심사위원으로서 심사와 심사평, 그리고 사후 평가라는 심사의 연장선상에서 다루어야 할 문제임을 간과했다. 적어도 표절이라는 비도덕적이고 비윤리적인 잣대 앞에서 엄격하게 최종 결론을 내려야 하는 글 치고는 너무나 무책임하다. 어떠한 핑계로도 해명할 수 없고, 해명해서도 안 되는 표절 행위 앞에서 핵심 문장과 중심 문장을 토대로 논리적 접근을 해야 함에도 추상적인 접근은 물론, 자기 방어기제까지 작동했다. 특히 "시인이나 창작자들이 무의식적으로 떠오른 느낌에 취하지 않겠는가. 올해 [광주일보] 신춘문예 시 부문 당선자 또한 그러지 않았을까 생각한다."라며 '영감'과 '무의식'을 내세워 표절자를 옹호하는 의미를 복선에 깐 것 자체가 문제이다. 이런 경우 김정란 시인처럼 서두에서부터 표절임을 명확히 밝히고, 손에 잡히는 명확한 증거를 내놓아야 했었다. 그의 글은 마치 표절자에 대해 변명의 여지를 주려는 듯해 씁쓸하다.

5. 표절 의혹 사례

1) 2002년 [동아일보] 신춘문예 당선 표절 의혹 시

2002년 [동아일보] 신춘문예 시 당선작 「가문비냉장고」에 대해 한동안 표절 의혹이 있었다. 당선 취소까지 가지는 않았다. 그 당시 제기된 표절 의혹에 대해 [동아일보]는 아무런 반응을 보이지 않았다. 이원 시인(1992년 《세계의 문학》 등단)의 「엽서」에서 부분 도용하였다는 의혹이 제기되어 한동안 문단이 시끄러웠다. 진한 글씨에 주목해 본다.

> 내 생의 뒷산 가문비나무 아래, 누가 버리고 간 냉장고 한 대가 있다 그날부터 가문비나무는 잔뜩 독오른 한 마리 산짐승처럼 갸르릉거린다 **푸른 털은 안테나처럼 사위를 잡아당긴다 수신되는 이름은 보드랍게 빛나고, 생생불식 꿈틀거린다** 가문비나무는 냉장고를 방치하고, 얽매이고, 도망가고, 붙들린다 기억의 먼 곳에서, 썩지 않는 바람이 반짝이며 달려와 냉장고 문고리를 잡고, 비껴간다 사랑했던 한 남자가, 한 여자를 데리고 찾아와서 벼린 칼을 놓고 돌아갔다 매일 오는 무지렁이 중년남자는 하루에 한 뼘씩 늙어갔다 상처는, 오랜 가뭄 같았다 영영 밝은 나무, 혈관으로 흐르는 고통은 몇 볼트인가 냉장고가 가문비나무 배꼽 아래로 꾸욱 플러그를 꽂아 넣고, 가문비나무는 빙점 아래서 부동액 같은 혈액을 끌어올린다
>
> 가까운 곳에, 묘지가 있다고 했다 가문비나무가 냉장고 문열고 타박타박 걸어 들어가 문 닫으면 한 생 부풀어오르는 무덤, 푸른 봉분 하나가 있다는,
>
> — 김중일, 「가문비냉장고」 전문

[동아일보] 신춘문예 시 당선작 김중일의 「가문비냉장고」는 이원 시인의 시 「엽서」를 부분 표절했다는 의혹에서 벗어날 수 없는 대목이 있다.

「가문비냉장고」에서 "푸른 털은 안테나처럼 사위를 잡아 당긴다 수신되는 이름은 보드랍게 빛나고, 생성불식 꿈틀거린다"라는 대목이 의혹의 대상이다. 이원 시인의 「엽서」의 "빛나는 털은 안테나처럼 사방을 잡아당기고 수염은 몸 밖 멀기 뻗고 있어. … 너의 이름이 보드랍게 빛났어"라는 시행과 흡사하다는 것이다. 아래 「엽서」의 전문을 읽어본다.

> 마악 너의 주소를 적어넣으려 하고/ 있어 오늘의 공기는 딱딱해/ 너의 이름과 주소를/ 적어넣을 때 창가의 수선화가/ 제 우주를 마악 열지도 몰라 그럼/ 열린 수선화 속에 너의/ 이름과 주소에서는/ 온통 수선화의 우주가 만져지겠지/ 공기도 리듬의 붕대를 풀 거야// 엽서의 오른쪽 구석에서/ 목에 동그란 방울 두 개를 단/ 고양이가 마악 초록 눈을 뜨고 있어/ 오늘을 팽팽하게/ 감각하고 있는 눈이야 빛나는 털은/ 안테나처럼 사방을 잡아당기고// 수염은 몸 밖 멀리 뻗고 있어/ 그 고양이의 초록 눈 아래/ 너의 이름을 적었어 날숨 속에서/ 너의 이름이 보드랍게 빛났어// 너의 주소를 꿈틀꿈틀 이어 적고/ 여섯 개의 빈 사각에/ 고양이의 발자국 같은 우편번호를/ 적었어 사각이 출렁거려/ 셋째 칸의 숫자가 사각을/ 비집고 나가 이

탈한 꼬리를 따라/ 사각 끝이 툭툭 터지고 있어/ 6개의 또 다른 빈 사각은/ 고양이와 마주보는 곳에 매달렸지/ 사각 안을 채우지는 않을 거야/ 내가 그곳에 있어/ 들고 있는 만년필에서 잉크가/ 뚝 열매처럼 떨어졌어// 공기의 귀가 떨어져나가 사방에서/ 바람이 몰려들고 있어/ 문들이 덜컹거려 자꾸 잉크가 번져/ 너의 이름과 주소들이/ 우글거려 시간이 엉키고 공기가/ 버석거려 쪼개도 쪼개도 공기의 속은/ 말갛다고 숨이 막혀/ 너에게 새파란 그림자가/ 다가오고 있어 그러나 결코/ 그 무엇도 너를 관통할 수는 없어/ 쓰라린 흙처럼 내가 너를 덮어

— 이원, 「엽서」 전문

여러 번 읽어 보면 볼수록 [동아일보] 신춘문에 시 당선작 김중일의 「가문비냉장고」가 이원 시인의 시 「엽서」를 부분 표절했다는 의혹에서 벗어날 수 없을 것 같다. 하지만 표절 의혹으로 종결된 시이므로 더는 설왕설래할 필요성이 없을 것 같다. 따따부따해 보았자, 명확한 증거는 없다. 당선자의 양심만이 진실을 알고 있을 것이다.

2013년 어느 세미나에서 이원 시인에게 직접 이 문제를 물었다. 이원 시인은 "오랜 시간이 지난 뒤 지인들로부터 듣고 알게 되었다. 표절은 아니라고 생각한다. 당시의 시적 경향, 혹은 유행의 한 영향이라고 보고 싶다."라고 답했다. 우문현답(?)이었다. 원저작자인 이원 시인의 아량이 돋보였다.

2) 신경숙의 『엄마를 부탁해』 표절 의혹[37]

— '6년 전'과 '30년 전'의 딜레마

[교육산업신문]에 '수필가 오길순 "『엄마를 부탁해』는 내 수필의 표절작"'이라는 기사가 실렸었다. 수필가 오길순이 "베스트셀러 작가인 신경숙이 자신의 작품을 표절하여 『엄마를 부탁해』(창비, 2008)라는 소설을 썼다"고 주장하고 있음을 전했다. 오길순의 수필집 『목동은 그후 어찌 살았을까』(범우사, 2001) 113쪽에 실린 "「사모곡」의 스토리와 신경숙의 『엄마를 부탁해』는 똑같은 작품"이라는 주장을 보도한 것이다.

이를 최초로 보도한 [교육산업신문] 김홍식 기자의 기사가 무엇보다도 중요하므로 그 내용의 일부를 다음과 같이 더 읽어 본다.

> … 오 씨가 쓴 「사모곡」의 줄거리는 대강 이러하다.
>
> 오 씨의 아버지는 치매에 걸린 어머니를 혼잡한 전주 단오제에서 잃어버렸다. 아버지의 전화를 받은 딸은 급한 직장의 일 때문에 당장 달려갈 수 없음을 안타까워했다. 온가족이 엄마를 찾았지만 찾을 수가 없었다. 며칠이 지난 뒤 딸 내외는 전주로 내려가 수소문했다. 이름도 나이도 잊어버린 어머니. 주소도 글씨도 잊어버린 어머니. 젊은 날 그리도 똑똑하던 어머니가 바보가 되어 어느 곳을 헤매

37 이 글은 계간 《문장21》(2013, 봄호)에 발표한 글이다.

고 있을지 … 돌아가셨다면 시신이라도 찾을 수만 있다면 … 그런데 기적이 일어났다. 전주의 한 택시 기사의 도움을 받아 부랑아 보호소에서 정말로 극적으로 어머니를 찾았다. 며칠간 고생으로 더 바보가 되어 버린 어머니와 극적으로 만나게 되는 감격의 이야기다.

오 씨는 지난해 11월 신경숙 작가에게 e메일을 두 번이나 띄워 표절에 대한 유감을 표하고 억울함을 호소했는데 아직까지 답변이 없다고 한다.

또 오 씨는 신경숙 작가를 문학의 길로 이끌어줬다는 서울시의회 최홍이 교육의원께 직접 이러한 억울함을 호소하여 신 작가에게 전달토록 했는데 역시 답변이 없다고 말한다. …

— [교육산업신문], 2012.5.17.

표절 의혹이 제기된 이후 꽤 시간이 흘렀다. 둘 사이에 어떤 합의가 이루어졌는지 알 수가 없다. 지금까지 신경숙이 공개적 입장을 표명하지도 않았다. 표절 의혹이 제기된 지 한 달 뒤, 제주도에서 슬그머니 간접 대응을 했다. [제주의소리]에 '신경숙 작가 『엄마를 부탁해』 쓰는 데 30년 걸렸다'라는 제목의 기사가 실렸다. '2012 설문대여성문화센터 책축제 1탄' 화제의 저자와 만남에서 신경숙이 강연한 내용을 기사화한 것이다. 『엄마를 부탁해』는 "어느 날 '뚝딱' 지어진 작품이 아니라 그녀가 열여섯 살이던 때부터 준비해 오던 작품이다."라고 강조했다. 충분히 오길순 수필가의 주장을 뒤엎을 수 있는 내용이다. 조금 길지만 아래에서 그 내용을 읽어 본다.

제주 독자 만난 신경숙 작가 "열여섯부터 생각한 작품 … 30여 년 만에 약속 지켰다."

"엄마도 엄마라는 말을 처음 뱉던 때가 있었을 거예요. 내 엄마가 되는 순간 '엄마' 외의 인간적인 모습을 잊고 살죠. 그래서 『엄마를 부탁해』를 쉽게 쓸 수 없었어요."
신경숙 작가가 29일 오후 2시 제주도설문대여성문화센터(소장 김영윤)가 마련한 '2012 설문대여성문화센터 책축제 1탄' 화제의 저자와 만남 무대에 올랐다. … 무대에 오른 신 작가는 『엄마를 부탁해』에 얽힌 뒷이야기들을 풀어갔다. 『엄마를 부탁해』는 2007년부터 1년간 연재되면서 세상에 나왔다. 그렇지만 어느 날 '뚝딱' 지어진 작품이 아니라 그녀가 열여섯 살이던 때부터 준비해 오던 작품이다.
전북 정읍 출신인 그녀는 열여섯에 상경했다. 마지막 모내기를 마치고 어머니와 밤기차로 서울에 올라오는데 창에 비친 고단한 얼굴을 보고서 '내가 언젠가 작가가 된다면 어머니에게 바치는 책을 쓰리라 …' 다짐하게 됐다. 스물 셋에 등단했지만 이 책이 나오기까지는 30년 가까운 시간이 걸렸다. 그간 몇 번이나 작품 쓰기를 시도했지만 쉽게 써지지 않았다. 열여섯에 바라봤던 엄마와 나이가 들면서 보게된 엄마의 '차이' 때문이었다.

신 작가는 "외딴방을 쓰던 때 협재에 한 달 간 머무른 적이 있다. 바닷가를 거니는데 텅 빈 고동을 봤다. 어머니가 떠올랐다. 껍데기만 남은 그 모습, 속을 파먹은 나라는 존재 등을 생각하니 '엄마도 나의 엄마이기 전에 누군가의 딸인 삶이 있었을 텐데'라는 생각이 들었다. 엄마가 지닌 '모성애'에 대해서만 글을 쓸 수 없었다"고 말했다.

2007년, 장편소설 리진을 마치고 나서야 본격적으로 '엄마를 부탁해'를 쓰기 시작했다. 신 작가는 "불현듯 '엄마를 잃어버린 지 일주일째다'라는 문장이 내게 찾아왔다. 줄곧 '어머니'만을 생각해 왔는데 '엄마'라는 단어가 떠오르면서 제자릴 못 찾던 형식이 섰고, 20년 넘게 써지지 않던 글이 밀려왔다."고 회상했다.

어머니와 엄마의 차이는 무엇일까. 신 작가는 "엄마라는 말을 뱉을 땐 편안함, 친밀감이 느껴진다. 내가 무슨 잘못을 하더라도 내 편이 돼줄 것 같다."고 설명했다.

이어 "작품에선 엄마만이 '나'라는 목소리를 갖는다. 아버지와 딸, 아들은 '당신, 너, 그'라고 표현된다. 엄마에게 엄마 '자신'을 말할 수 있는 시간을 주면서 30년 만에 드디어 약속을 지켰다는 생각이 들었다."고 털어놨다.

— [제주의소리], 2012.6.29.

신경숙은 왜 오길순의 주장에 대해 직접적인 반박과 대응을 회피하면서 이런 주장을 한 것일까? "표절이 아니다."라고 직답하는 것보다는 간접적인 답이 더 효과적일 것이라 판단했던 것 같다. 표절 시비 때마다 늘 그랬듯이 신중하게 처신하는 신경숙다운 행동이다. 2001년도에 출간한 오길순의 수필집의 시점보다 20년이나 더 빠른 시점을 거론함으로써 표절이 성립할 수 없다는 것을 간접적으로 표현하여 쐐기를 박았다.

이런 주장을 통해 '이 세상에 어머니(엄마)를 주제로 삼아 소설화한 것이 어디 『엄마를 부탁해』뿐이겠는가? 오길순의 주장대로라면 모성의 그림자가 따라다니는 모든 소설은 그녀의 수필을 표절한 것이라고 주장하는 꼴이다'라며 비웃고 있는 것일 수도 있다.

과연 열여섯 살이던 때부터 준비해 오던 작품일까? 2007년 《창작과비평》 겨울호에 처음으로 연재할 때, '연재를 시작하며'라는 글에서 "어머니 이야기를 쓰고 싶다고 생각한 것은 6년 전이다"라며 세 번씩이나 밝혔다. 오길순이 수필집을 출간 배포한 시기와 일치한다. 그 내용의 일부를 읽어 본다.

> 어머니 이야기를 쓰고 싶다고 생각한 것은 6년 전이다. 특이한 이야기를 쓰려는 것도 아닌데 시작을 했다가 멈추고 다시 시작하고 다시 멈추고 다시 시작하기를 몇 차례 거듭하다가, 급기야는 접어두고 다른 자편을 썼다. … 다시 이야기를 이어나가기 위해 6년 전에 시작해 두었던 것을 펼쳤다. … 6년 전이나 지금이나 그토록 어머니 이야기를 ….
>
> —《창작과비평》 겨울호(2007), 348쪽에서

신경숙이 '연재를 시작하며'에서 '6년 전'이라고 밝힌 주장과 제주도에서 '30년 가까운 시간이 걸렸다'라고 밝힌 주장 때문에 딜레마에 빠져 버렸다. 자신한테 유리한 말만을 끌어들여 거짓 주장을 할 때 범하는 오류이다. 제주도에서 그 수필집의 시점보다 20년이나 빠른 시점을 주장하다 보니, '연재를 시작하며'라는 글의 내용이 거짓이 되어 버렸다.

제주도에서 '30년 전'을 언급한 순간, '6년 전'이라고 밝혔던 글이 거짓임을 긍정하는 오류를 범한 것이다. 이제 와서 '30년 전'을 부정하고 '6년 전'이라고 다시 돌이킬 수도 없다. '6년 전'이라고 번복한다면 그 수필집의 줄거리와 유사성을 긍정하는 오류를 범하게 된다. 어느 쪽이 진실이든, 그가 스스로 궁지에서 벗어나기에는 역부족인 것 같다. 지금까지 침묵하는 태도를 보인 이유가 이것 때문일 수도 있다.

모티프와 플롯이 닮았다 하여 이를 무조건 표절이라고 주장하는 것도 한계가 있다. 오로지 신경숙 자신만이 아는 문제이다. 1999년 중편소설 「딸기밭」이 표절 시비에 휩싸이자 [한겨레] 신문(1999.9.28.)을 통해 "최근 다시 생각해 보고 주위 사람들의 의견을 들어보니 그것은 내 불찰이었다. 전화를 통해 늦게나마 양해를 해 주신 유족들에게 이 지면을 통해 다시 한 번 사의를 표한다."라며 절차에 하자가 있었음을 인정하는 성숙한 모습을 보였듯, 이번에도 긍정이든 부정이든 솔직담백한 모습을 기대해 본다.

또한, 의혹을 제기한 오길순은 표절을 입증할 필요성이 있다. 이를 입증하지 못한다면 문학으로 말미암아 타인에게는 물론이고, 자신의 마음에 상처만 남기는 결과를 초래할 것이다.

6. 부산 시인의 표절 사례

1) 부산 시인의 표절을 말하다

최근 두 해 동안 부산 시인이 발간한 시집에 수록된 시 중에는 다른 시인의 그림자가 드리워져 있는 경우가 있었다. 물론 그 이전의 시집이나 수필집에서도 발견되곤 했다. 그 사례를 이 짧은 글에서 다 밝힐 수는 없다. 표절자의 명예 때문에 표절 작품마저도 언급하기가 조심스럽다. 누가 뭐라 해도 표절자 스스로 비도덕적인 행위임을 가장 잘 알고 있을 것이라 여기며, 이 지면에서 표절 작품에 대한 직접적인 언급은 유보한다.

또한, 2012년 표절 의혹이 있는 부산 시인이 문학상을 받기도 했다. 한 명은 부산의 문학 단체에서, 한 명은 타지방의 문학 단체에서 주관하는 문학상을 받았다. 심사 위원들이 표절 의혹을 뻔히 알면서도 추천하였다면 가치 없는 문학상을 수여하는 데 일조한 셈이다. 표절 여부와 관계없이 나눠 먹기식 혹은 돈으로 산 문학상일 가능성도 있을 것이다. 한국 문단에서는 1990년대 이후 표절 의혹에 휩싸인 작가나 작품에 대해 문학상을 수여한 사례가 꽤 많다. 그때마다 문학계와 출판계는 홍역을 앓았다. 그 때문인지 몰라도 오늘날의 독자들은 문학상 수상작이라는 타이틀을 외면하는 경향성을 보인다.

우리는 학위 논문을 비롯한 여러 분야에서 표절 행위가 만연한 시대에 살고 있다. 1994년 전여옥의 산문집 『일본은 없다』(지식공작소, 1993)가 표절 의혹이 제기된 지 18년 만인 2012년에 대법원에서 표절이라는 판결을 받았다. 이것은 하나의 사례에 불과하다. 심지어 한국의 문단에서는 이름난 시인 교수가 제자의 시를 도작하여 시집에 수록하는 풍토, 베스트셀러 작가마저 인용 출처를 밝히지 않고 남의 창작물을 짜깁기하는 얄궂은 풍토가 조성되어 있다.

부산도 예외가 아니다. 등단 30년이 넘은 시인마저도 표절을 자행해 놓고 오리발을 내민다. 또한, 유명 시인의 시를 표절하여 자신의 시집에 수록해 놓고도 '아무도 알아차리지 못할 거야.'라며 자기 최면에 걸려든 표절자들도 존재한다. 독자의 시각은 예리하다. 그 예리함을 피해 갈 수 있다는 생각 자체가 오만이고 불순이다. 독자는 침묵하고 있을 뿐이다.

이 세상에서 가장 아름다워야 할 문학 작품이 비도덕적 산물로 전락해 버린 꼴이다. '표절' 행위는 어떠한 변명으로도 해명할 수 없는 창작자의 열등감이 빚어낸 욕심과 허영의 산물이다. 인간 정신세계를 맑고 밝게 선도해 나가야 할 문학 작품이 표절이라는 퇴행적 행위 때문에 몸살을 앓고 있다. 문학이 미적 추구의 본령을 망각하고 도덕 불감증 시대를 앞당겨 열어 놓은 것은 아닐까?

부산의 작가나 시인의 작품을 읽다가 표절작이라는 의혹이 들 때마다 스스로 던져 보는 세 가지 질문이 있다. 첫째, '표현의 자유'라는 놈을 등에 업은 문예 창작이라는 감성이, '윤리'와 '도덕'이라는 이성 앞에서 과연 순응할 수 있을까? 둘째, 순수문학이든 참여문학이든 하나의 작품이 부당한 표절의 산물이라면 문학 작품이라 지칭할 수 있을까? 셋째, 세상을 잘 읽었던 조선의 한명회가 이런 표절작을 본다면 뭐라고 말했을까?

첫 번째 질문을 생각한 결과는, '표현의 자유'라는 명제를 바탕으로 하는 문예 창작은 분명 감성적이다. '윤리'와 '도덕'이라는 규범은 이성적이다. 그 이성 앞에서 감성이 순응하기도 하고 반항하기도 한다. 다시 말해 때로는 순응하지만, 대체로 충돌한다. 남의 창작물을 무단으로 베끼는 표절자는 어느 시대고 늘 존재했다. 그들은 '표현의 자유'라는 놈을 앞장세워 놓고 그 뒤에 숨어 정당성을 주장하지만, 그들 스스로 부당하다는 것도 잘 알고 있다. 늘 털 난 양심이 문제일 뿐이다.

두 번째 질문을 생각한 결과는, 오늘날 문학은 서정과 감동을 자아내는 '순수문학'만을 고집하지 않는다. 사회의 현상을 비판하거나 견제하는 역할을 하면서 그 사회 현상에 참여하기도 한다. 이를

장 폴 사르트르는 '앙가주망 문학', 즉 '참여문학'이라 했다. 순수문학이든 참여문학이든 하나의 작품이 표절의 산물이라면 그것은 문학의 탈을 쓴 '죄악'이다. '죄학'이라 표현한다면 무리일까?

세 번째 질문을 생각한 결과는, 아마도 한명회는 "세상이 내 손안에 있소이다."라는 그 유명한 말을 그대로 내뱉을 것이다. 이 말이 창작자에게는 "손바닥 손금을 보듯 작품을 훤히 꿰뚫고 있으니, 표절을 경계하라."는 경고로 들릴 것이고, 비평가에게는 "손바닥 손금 보듯 훤히 표절작을 꿰뚫고 있어야 한다."라고 들릴 것이다. 대부분의 비평가는 표절 그림자를 발견하더라도 글로 발표하는 경우는 드물다. 표절자에 대한 인간적 배려 때문이다.

늘 세 번째 질문에 봉착하면 인간적 배려를 어떻게 해야 하나 고민에 빠진다. 반성과 성찰을 거부하며 방어전에 들어가는 표절자 때문이다. 표절자는 반성하기보다는 변명의 길로 내달리는 습성이 있다. 비평가가 표절 행위에 대해 인지하고 있음을 말이나 글 속에 간접적으로 장치하여 뉘앙스를 풍겨도 표절자는 이를 알아차리지 못한다. 알아차렸다 하더라도 온갖 변명과 거짓 행동은 물론 비평가에 대한 인신공격을 총동원한다. 도둑놈이 제 발 저리는 것은 당연한 일이지만, 열등감으로 무장한 가짜 문인들의 삶의 단면을 볼 때마다 씁쓸하기만 하다.

출처 없는 차용은 표절 의혹을 받을 수밖에 없다. 그 대표적 예가 최남선의 「해에게서 소년에게」가 바이런의 「대양(Ocean)」을, 김소월의 「진달래꽃」이 예이츠의 「하늘의 옷감(He Wishes For The Cloths Of Heaven)」을 표절했다는 주장이 간혹 제기되는 것이다. 그렇다고 이를 두고 무조건 표절이라고 단정하여 말할 수도 없다. 지금까지 학계와 문단에서는 '영향' 혹은 '수용'이라는 용어로 유연한 태도를 보여 왔다.

이처럼 아직 한국 문단은 표절에 대해 유연한 편이다. 부산의 여러 문학 단체에서도 표절 행위에 대해 관대한 편이다. 표절 행위를 자행하는 가짜 문인이 속한 문학 단체에서 지속적으로 그들을 옹호한다면 이 투명한 세상에 두고두고 후회할 일로 남을 수도 있다. 10여 년 전 한국문인협회 조직에 '문단 바로 세우기 위원회'가 왜 존재했는가를 상기할 필요가 있다.

독자의 눈은 예리하다. 속일 수는 없다. 문인 스스로 표절작을 표절작이라 말하지 못하는 문단, 표절자를 표절자라 부르지 못하는 문단, 표절자를 옹호하며 파벌을 고집하는 문단, 가짜 문인이 판치도록 대문을 열어 놓은 문단 등의 손가락질을 겸허히 받아들여야 한다. 이제는 부산 여러 문학 단체에서도 자정 능력을 보여 줄 때가 되었음을 감히 고한다.

《예술문화비평》 겨울호(2012) 발표 원고에서 학계처럼 문단에서도 '표절 심의 기구'를 설치·가동해야 할 시기가 도래하였음을 주장했다. 실현 가능성은 불투명하다. 이 글을 통해 부산예총 차원에서

'표절 심의 기구'를 설치·가동하는 실마리가 되기를 기대해 본다.

2) 정해원 시조집 『산길을 걸으며』 표절 의혹[38]

(1) 들어가기

부산시조문학회(별씨) 회장을 역임한 시조시인 정해원(이하 그 또는 필자) 시조집 『산길을 걸으며』(2011)를 읽은 뒤, 한없이 망설였다. 그가 등단 30년을 넘긴 시인이기에 평자의 눈을 의심했다. 표제 시편에 표절 그림자가 짙게 드리워져 있었다. 그중 「산길을 걸으며(3)」은 원로 시조시인 이상범 선생의 「가을손」을 그대로 옮겨놓았음에 놀라웠다. 그 외에도 표절 그림자는 물론 독창성을 상실한 표현과 자기 표절 흔적이 곳곳에 박혀 있었다.

우선 월간 《예술부산》 1월호(2012)에 시조 전환구의 어휘가 반복되는 것과 자기 표절의 시편들을 예로 들면서 언급했다. 200자 원고지 17매 분량의 짧은 지면에서 표절을 직접 언급할 이유가 없었다. 자기 표절을 언급하면서 평자가 표절을 인지하고 있음을 간접적으로 풍겼다. 그는 도둑이 제 발 저리듯, 온갖 인신공격으로 반론해 왔다. 그래도 평자는 재반론에서 자기 표절을 언급하면서도 표절을 직접 언급하는 것만은 피했다. 인간적 배려 때문이었다. 그런데 그는 재재반론에서 이성을 완전히 잃어버렸다.

38 이 글은 《예술문화비평》(2013, 봄호)에 발표하였다. 당시 지면의 제한으로 제외하였던 부분을 삽입했음을 밝혀 둔다.

2012년 《예술문화비평》 여름호와 《문장21》 여름호에 게재한 평자의 재반론 글에 대해, 그는 재재반론을 자신의 [다음]과 [네이버] 블로그, '현대시조 창작 연구회'와 '부산시조시인협회' 카페에 도배한 후, 《예술문화비평》 가을호에 특별 원고로 발표했다.

평자가 《문장21》 여름호 재반론의 글 마지막에 "이 글 이후 논점을 벗어나지 않는 범위 안에서 그가 어떠한 변명을 들고나오든 다시 논박을 진행하지 않으려고 한다."라고 밝혔기에, 더는 논박을 않으려고 했다. 그러나 논점 밖에서 평자를 향해 인신공격을 가함은 물론, 거짓 주장으로 독자를 기만하고 있기에 답을 하지 않을 수가 없어 다시 펜을 들었다. 평자가 최초 비평과 재반론에서 이미 주요 논점을 다루었기에 새로운 논박은 무의미하므로, 그가 의문을 던진 질문에 대해서만 답변 형식으로 진행한다.

(2) '시적 영감의 근원은 무의식에서 출발한다.'에 대한 답변

평자는 재반론에서 "대부분의 경우 등단 5년만 되어도 … 자신의 시에 시론을 불어넣을 줄 알고, 혹여 반론을 제기할 일이 생기면 자신의 시론을 앞세워야 함을 안다."라고 언급하였지만, 그는 재재반론에서도 자신이 정립한 시론이 아닌, 불필요한 여러 이론가의 권위를 내세워 '시적 영감의 근원은 무의식에서 출발한다.'라며 '권위에 호소하는 오류'에 빠져 버렸다. 아직 자신의 시론조차 정립하지 못한 그와 이런 논쟁을 하는 것 자체가 무의미한 일이지만, 답변할

의무를 지키려 한다.

《예술부산》 3월호 반론에서 그는 "시인은 한 편의 시를 쓸 때 무의식의 세계에서 작품을 쓰게 된다."라고 '무의식의 표출'이 아닌 '무의식의 세계에서'라는 주술적인 '영감설'을 내세웠다. 이에 평자가 재반론에서 "무의식의 세계에서 시를 쓴다 하니 뽕을 한 대 맞지 않고서야 우째 그럴 수가 있단 말인가?"라며 풍자했다. 이 대목을 놓고 그는 재재반론에서 '영감의 근원'을 무의식에서 찾는 프로이트의 '무의식설'로 말을 바꿨다.

영감론의 세 가지 설 가운데 그가 반론에서 언급한 '영감설'은 주술적이라 이미 외면당한 지 오래다. 언급하지 않은 '천재설'은 영웅숭배적인 면이 강해 오래전 설득력을 잃었다. 그가 재재반론에서 언급한 프로이트의 '무의식설'은 시 창작의 불가해한 면에 대한 자연주의적 해석이라 현대인으로부터 옹호를 받고 있지만, 더 세분된 이론에서 프로이트의 주장은 이미 한 세기가 지난 이론임과 한계점을 안고 있다는 것을, 그는 연구하지 않았음이 분명하다.

그가 재재반론에서 "플라톤은 시의 창조가 이성으로는 설명할 수 없는 어떤 특별한 힘에 의한 것 …"이라는 말을 인용했다. 그의 오류가 여기에도 있다. 플라톤이 "시의 영감을 주장하면서 신비성을 인정한 것이 아니라, 그 광기(狂氣)를 경멸하는 입장"[39]을 취한 것임

39 홍문표, 『시어론』, 양문각, 1994, 35쪽.

을 모르는 것 같다. 플라톤이 『국가』에서 주장한 '시인 추방론'과 연결해 보면 쉽게 알 수 있는 것을 모르고 있다는 것은 그가 남의 글을 베꼈다는 증거이기도 하다.

또한, 그는 프로이트를 언급한 뒤, "현대에 이르러 영감의 출처는 외부 세계에서 온다는 인식이 불식되었다. 곧 영감의 근원을 인간의 내면 심리세계 즉, 무의식에서 찾는 현상이 지배적이다."라며 무의식 세계 속에서 시를 쓴다는 '영감설'이 아닌, 영감의 근원이 무의식이라는 '무의식설'로 말을 바꿨다. 많은 사람이 옹호하는 이론임은 맞다. 그러나 바로 이 대목이 평자의 견해와 충돌하고, 그의 또 다른 오류이다. 프로이트는 "시적 표현을 억압된 심리, 곧 노이로제의 표현"[40]이라고 보았다. 즉, 시를 '정신병의 흔적'이라고 보았다. 프로이트를 맹신한다는 것은 그의 시조가 '정신병의 흔적'이라고 인정한 셈이다. 우리가 시를 논할 때, 자유로운 정신세계와 미적 구현, 나아가 인간 구원을 목적으로 한다고 말하곤 한다. 이는 프로이트의 '정신병의 흔적'과 대립하는 개념임을 모르고 그는 베끼기 수준의 인용을 했다. 그렇지 않다면 스스로 자신에게 욕을 퍼부은 거나 다름없다.

그의 주장처럼 많은 예술가들이 무의식 속에 억압되어 있는 숨은 진실들을 발견하려고 황홀경을 동경한 것은 사실이다. 그러나 "냉

40 이상섭, 『문학비평용어사전』, 민음사, 2001, 246쪽.

정한 이성과 합리성이 지배하는 세계에서 예술적, 문학적 창조력의 고갈이라는 불모의 위기감과 불안감을 느꼈기 때문"[41]에 비이성적이고 비합리적인 것을 추구하게 된 것이다. 평자가 재반론에서 "무의식의 세계에서 시를 쓴다 하니 뿅을 한 대 맞지 않고서야 우째 그럴 수가 있단 말인가?"라고 풍자한 것처럼 실제 "의식적 활동을 정지시키고 무의식의 내용들이 드러나도록 하기 위해 몇몇 예술가나 작가들은 환각제의 복용까지 서슴지 않았다."[42] 그는 진정 이를 몰랐을까?

그는 프로이트 학설만 가지고 광대무변한 우주와 같은 시 창작의 양상을 다 설명할 수 없음도 간과했다. 융 학파는 "시의 근원이 단순한 무의식이 아니라, 집단 무의식, 나아가 인류 공통의 무의식에 있다."고 본다. 즉, "인류 공통의 거대한 꿈이 시인이라는 한 개인을 통해 표현되는 것이 시"[43]라고 본다.

다시 정리하면 그는 재재반론에서 말을 바꾸기는 했으나, 프로이트 주장을 맹신하며 영감의 근원을 '외부세계가 아닌 인간의 내면 심리세계', 즉 '개인의 심리세계'에서 찾고 있다. 굳이 영감의 근원을 무의식에서 찾는다면 평자는 융 학파의 주장에 무게를 두고 '영감의 근원을 개인 밖의 집단 무의식'에서 찾는다. 그가 오늘날 많은

41 김현자, 『신화, 신들의 역사 인간의 이미지』, 책세상, 2004, 13쪽.
42 김현자, 위의 책, 13쪽.
43 이상섭, 위의 책, 246쪽.

이가 융 학파에 수긍하고 있음을 모른다는 것은, 정규 학제에서 철학과 심리학, 문학과 문예 이론 등을 접하지 않았음을 증명하는 것이다.

더 나아가 융의 제자인 프랑스의 가스통 바슐라르(Gaston Bachelard)의 상상력에 관한 시학이 송욱 교수에 의해 한국에 소개된 이후, 오랜 시간이 흐른 21세기에 와서 우리나라 문학에 많은 영향을 미치고 있다. 그리고 대학 정규과정에서는 이를 적극 옹호하고 있으며, 평자 또한 이를 옹호하고 있다. 이에 대해 철학자 이지훈은 『예술과 연금술』(창비, 2004)에서 많은 이야기를 하면서 무의식이 아니라 의식에 무게를 두고 있다. 그 예로 "시인이란 '영감을 받아 시를 쓰는 사람이 아니라 시를 통해 영감을 주는 사람'이라는 말이 옳다면, 시인의 상상력은 모름지기 질료와 형상의 두 축을 함께 인정할 수밖에 없"다고 강조하고 있다. 이 책에서 "바슐라르가 과학의 기원에서 꿈보다 몽상을 이야기하는 것은 일리가 있습니다. 그는 지금 무의식 자체가 아니라 과학정신의 무의식에 관심이 있습니다. 그러므로 "원초적 본능"이 펼쳐지는 영역보다는 "덜 깊고" "더 지성적"인 곳을 살펴야 한다고 생각했습니다. 말하자면 거친 꿈과 과학정신, 깊은 무의식과 명료한 의식의 중간 지대이기 때문입니다. 그뿐이 아닙니다. 이 중간 세계는 또한 원서의 몽상이 전개되는 영역으로서 과학과 시학이 갈려나가는 지점이기도 합니다."라며 해석하고 있다.

그뿐만 아니라, 우리나라에 널리 알려진 미국 언어 문학자인 월터 J. 옹(Walter J. Ong)은 『구술문화와 문자문화(Orality and Literacy)』(1982)라는 저서의 7장에서 '내면에의 회귀 : 의식과 텍스트'를 말하면서 "헤겔 시대 이후 인간의 의식이 진화한다는 것을 사람들은 더욱 더 잘 알아차리게 되었다."[44]라고 강조하면서 "쓰기는 자기 자신이 아는 감각을 강화함으로써 사람들 사이의 한층 의식적인 상호작용을 북돋는 것이다. 쓰기는 의식을 끌어올린다."[45]라며 주장했다. 그리고 이 책의 가장 마지막 문장에서도 "구술성과 문자성의 역학은 한층 심화된 내면화와 더불어 한층 심화된 개방으로 향하고 있는 의식의 현대적 진화의 흐름에 합류하고 있다."[46]라고 결론을 내리고 있다. 결국, 현대적 쓰기, 즉 문자성은 무의식적인 작용이 아니라 의식적인 작용임을 강조하고 있는 것이다.

그렇다면 아직 '원초적 무의식'을 시의 근원이라 주장하는 그는 20세기 초반의 정신분석학 수준에 머물고 있다는 말이 된다. 그는 이론적 수준이 하급이라 더 이상 대화의 상대가 안 됨에도 여러 이론을 연결도 하지 못하고 단편적으로 짜깁기하여 궤변만 늘어놓고 있다. 정신병적 흔적에서 스스로 깨우치고 나오기는 한계가 있는 자로 판단된다.

44 이기우 · 임명진 옮김, 『구술문화와 문자문화』, 문예출판사, 1997, 264쪽.
45 이기우 · 임명진 옮김, 위의 책, 265~266쪽.
46 이기우 · 임명진 옮김, 위의 책, 265~266쪽.

(3) '일부 시어의 빈도수가 높다고 어휘력 부족인가?'에 대한 답변

평자가 최초 비평과 재반론에서 그가 어휘력이 부족한 사실을 밝혔다. 전환구에 동일한 시어를 반복해서 채택한 것과 자기 표절을 지적한 것만으로도 충분하다. 그래도 그가 증명 자료를 내놓으라고 하니 답을 할 수밖에 없다. 어휘력이 부족한 시인은 표절을 일삼기도 한다. 표절은 자신에게 부족한 어휘와 창작 기법을 몰래 훔쳐 오는 비윤리적인 행위이다. 그가 이에 해당한다.

(가) 이상범의 「가을손」 그림자[47]

시조집 『산길을 걸으며』의 표제 시조이면서 대표작 중 하나인 「산길을 걸으며(3)」은 이상범(1935~) 시인의 「가을손」을 표절한 흔적이 뚜렷하다. 이 「가을손」은 시조집 『꿈꾸는 별자리』(태학사, 2001)의 「서시」로 수록되어 있다.

두 손을 펴든 채 가을볕을 받습니다
하늘빛이 내려와 우물처럼 고입니다
빈손에 어리는 어룽이 눈물보다 밝습니다

비워 둔 항아리에 소리들이 모입니다

47 '정해원 시조집 『산길을 걸으며』에 드리워진 표절 그림자'라는 원고에서 2할 정도의 일부만 발췌한 것임을 밝혀 둔다.

눈발 같은 이야기가 정갈하게 씻깁니다
거둘 것 없는 마음이 억새꽃을 흩습니다
풀 향기 같은 성좌가 머리 위에 얹힙니다
죄다 용서하고 용서 받고 싶습니다
가을 손 조용히 여미면 떠날 날도 보입니다

— 이상범, 「가을손」 전문

어느 가을 외진 산길 혼자서 걷습니다
가을볕을 손에 모으면 하늘빛이 고입니다
손끝엔 푸른 물감이 묻어나고 있습니다.

억새꽃 은빛물결 출렁이며 밀려와서
온 갖가지 시름들을 말갛게 씻어 내면
바람은 하얀 꽃술을 흩날리고 있습니다.

미운 것 고운 것이 부질없다 생각하며
산 너머를 손차양하고 물끄러미 바라보니
내 인생 남은 날들의 가얄 길도 보입니다.

— 정해원, 「산길을 걸으며(3)」 전문

그의 「산길을 걸으며(3)」과 이상범 시인의 「가을손」을 비교해 보면, 구마다 교묘히 시어를 바꾸기는 했으나, 소재를 비롯한 어휘,

시적 발상, 통사 구조, 시적 구조 등을 표절하였다는 것을 대번에 알 수 있다. 원작인 「가을손」의 모든 행이 '-니다'체로 종결하듯이 그도 대부분 '-니다'체로 종결한 것과 시어의 위치만 비교해 보더라도 쉽게 표절의 그림자를 밟을 수 있다. 또한, 일부 시어를 그대로 차용한 것만으로도 표절 시비에서 벗어날 수 없다. 우연의 일치라고 이해하려 해도 여러 층위에서 표절에 근접한 유사성을 보이기 때문에 창작의 독창성을 인정할 수 없다.

그러나 평자의 주장에 대해 그는 2012년 9월 2일에 '현대시조 창작 연구회' 카페에서 "이상범 선생의 「가을손」의 원초적 심상은 필자와 같은 것 같다. 이미지의 조작과 창조는 필자와 보법이 다른 것 같다. … 이상범 선생은 '풀 향기 같은 성좌' '눈발 같은 이야기' '우물처럼 고입니다' 등 직유법을 사용하여, 이미지를 선명하게 표현하여 원관념과 보조관념의 개념을 분명히 하고 있으나, 필자는 시작(詩作)에서 직유법을 잘 사용하지 않는다."라며 표절을 부인했다.

그가 표절을 부인하고 있지만, 동일한 시어가 같은 위치에 있다는 것에 주목해 보면, 의심할 여지도 없이 표절임이 확연해진다. 1연 중장 뒤의 구 "우물처럼 고입니다 = 하늘빛이 고입니다", 2연 중장 뒤의 구 "정갈하게 씻깁니다 = 말갛게 씻어 내면", 3연 종장 결구 "떠날 날도 보입니다 = 가얄 길도 보입니다" 등의 시어를 동일한 위치에 배열해 놓았음은 우연성과 거리가 멀다.

그는 남의 시조를 표절한 것에 그치지 않고 자신의 시조에서도 흔적을 남기고 있다. 「산길을 걸으며(3)」 3연 중장 "산 너머를 손차양하고 물끄러미 바라보니"에 주목해 본다. 이 시조집에 함께 실린 「2월, 오늘 다시 봄을 보며」 2연 종장과 비교해 보면 시적 발상이 너무나 똑같다.

> 미운 것 고운 것이 부질없다 생각하며
> **산 너머를 손차양하고 물끄러미 바라보니**
> 내 인생 남은 날들의 가얄 길도 보입니다.
>
> — 정해원, 「산길을 걸으며(3)」 3연

> 일찍이 소식 끊고 연락 없는 그 친구가
> 지난겨울 잘 견뎠다고 기별이나 줄까봐서
> **이마에 손차양하고 행여나 싶어 바라본다.**
>
> — 정해원, 「2월, 오늘 다시 봄을 보며」 2연

「산길을 걸으며(3)」은 『실상문학』 51호에, 「2월, 오늘 다시 봄을 보며」는 『문학도시』 87호에 그가 발표한 시조이다. 그가 원고 청탁을 받으면 자신의 시조와 남의 시조를 짜깁기하여 발표했을 것이라는 추측을 가능케 한다.

(나) 당나라 시인 장구령의 「조경견백발(照鏡見白髮)」 그림자

『산길을 걸으며』의 표제 시조이면서 또 다른 대표작 중 하나인 「산길을 걸으며(5)」도 표절 그림자가 짙다. 중국 당나라 시인 장구령(張九齡, 673~740)의 오언절구인 「조경견백발」의 그림자가 짙게 드리워져 있기 때문이다.

이 오언절구는 장구령이 당 현종 때 재상에서 물러난 뒤 자신의 심정을 읊은 시이다. 그 내용은 "옛날에 푸른 뜻을 품고 나라를 위해 힘을 다했으나, 모든 일이 뜻대로 되지 않았다. 늙어서 재상의 자리에서 밀려난 뒤, 거울에 비친 자신의 백발을 바라보며 스스로 불쌍히 여길 줄 몰랐다."라고 신세타령한 시이다. 「산길을 걸으며(5)」에 드리워진 장구령의 그림자를 읽어 본다.

宿昔青雲志 지난날에는 청운의 뜻이 있었는데
蹉跎白髮年 어영부영하다 보니 백발의 나이가 되었구나
誰知明鏡裏 거울 속의 이 모습을 누가 알았으리
形影自相憐 그림자가 서로 바라보며 불쌍히 여길 줄을

— 장구령, 「조경견백발(照鏡見白髮)」 전문

시오야 밝은 밤을/ 하염없이 걷습니다.
달빛은 은혜로운/ 불음佛音으로 쏟아지고
겹겹이/ 고이는 월광月光/ 거울 되어 비칩니다.

비치는 내 모습을/ 측은하게 바라보며

청운靑雲의 꿈 어디 두고/ 빈손으로 걷습니다.

오늘은/ 조경견백발照鏡見白髮/ 회한悔恨으로 밀립니다.

— 정해원, 「산길을 걸으며(5)」 1, 2연

위와 같이 그의 「산길을 걸으며(5)」는 장구령의 오언절구 「조경견백발」의 그림자가 너무나 짙게 드리워져 있음을 단박에 알 수 있다. 「산길을 걸으며(3)」에서처럼 시어를 교묘히 바꾸기는 했으나, 표절 혐의를 벗을 수는 없다.

「산길을 걸으며(5)」 2연 종장에서 '조경견백발'이라는 시어를 차용하였다 하여 그것만으로는 표절이라 단정하여 말할 수는 없는 일이다. 그가 장구령의 '조경견백발'의 뜻인 '거울에 비친 백발' 혹은 '거울을 비춰 백발을 보다'라는 주제와 '거울'과 '백발' 등의 소재를 차용하여 시적 변주를 하였다고 주장할 수도 있을 것이다. 나아가 '월광'을 '거울'과 겹쳐 놓았는데 어떻게 시상이 장구령의 오언절구와 일치하느냐? 하고 따질 수도 있을 법하고, 2연은 장구령의 오언절구를 '패러디'한 글이라 우길 수도 있을 법하다.

하지만 주제와 소재를 비롯한 어휘, 시적 발상 등을 꼼꼼히 비교해 보면 오언절구를 현대 시조로 변환해 놓은 것임을 알 수 있다. 아마도 인터넷에서 떠돌아다니는 「조경견백발」의 번역본을 기준으로 삼았을 가능성이 높다. 이를 증명하기 위해 인터넷에서 떠돌아

다니는 번역본과 그의 시조와 비교해 본다. 오언절구의 '불쌍히 여기다'를 '측은하게'로, '이 모습'을 '내 모습'으로, '청운의 뜻'을 '청운의 꿈'으로 교묘히 시어를 바꾸어 놓았지만, 표절 흔적이 사라지지는 않았다.

우연성 때문일까? 주제, 소재, 어휘, 시적 발상 등 여러 층위에서 표절에 근접한 유사성 때문에 창작의 독창성을 인정하기 어렵다. 만일 그가 원작인 「조경견백발」이 너무나 유명한 시라서 누구나 차용임을 알아차릴 수 있어 그 출처를 밝히지 않았다고 우기면서, 차용 또는 패러디한 것이라고 항변한다면 굳이 반박할 필요는 없을 것 같다. 표절의 그림자가 너무나 짙게 드리워져 있기 때문이다.

아니나 다를까 평자의 주장에 대해 그는 2012년 9월 2일 '현대시조 창작 연구회' 카페에서 '패러디'라고 항변했다. 그 내용은 "'청운의 꿈'은 모두가 한 번씩은 입에 담아보는 보편적인 관용어다. 여기의 靑雲之志와 照鏡見白髮도 많은 사람이 아는 하나의 상징적 시어로 작용하는 것이며 이 시조의 전체를 지배하는 것은 아니다. 만일 둘째 수만을 단수로 만들었다 하더라도 그것은 장구령의 시를 패러디한 것으로 볼 일이지 표절로 보기는 어렵다고 본다. 여기서는 첫째수와 마지막 수를 보충해 주는 기능밖에 하지 않는다."라고 궁색한 변명을 했다.

그는 '패러디'가 풍자성과 해학성을 포함하는 용어이면서 인용 출처를 밝혀야 성립하는 용어인지 모르는 걸까?[48] 또한, 관용어와 한자어를 많이 채택하는 구시대의 작법을 고수하는 그가 자신의 정체성과 거리가 먼 포스트모더니즘 추종자라고 밝힌 꼴이 되어 버렸다. 평자는 앞서 "'조경견백발'이라는 시어를 차용하였다 하여 그것만으로는 표절이라 단정하여 말할 수는 없는 일이다."라고 인정했다. 그가 '바라보며'를 그대로 '바라보며'로, '불쌍히 여기다'를 '측은하게'로, '이 모습'을 '내 모습'으로, '청운의 뜻'을 '청운의 꿈'으로 교묘히 시어를 바꿔 놓은 것과 그 어디에도 인용 출처를 밝히지 않은 것은 '패러디'가 아닌 베끼기 수준의 '표절'임이 분명하다.

「산길을 걸으며(3)」처럼 이 시조에서도 남의 시를 표절한 것에 그치지 않고 자신의 시조에서 짜깁기한 그림자를 밟을 수 있다. 「산길을 걸으며(5)」 1연 초장 뒤의 구 "하염없이 걷습니다"와 3연 종장 결구의 "정처없이 갑니다"에 주목해 본다. 이 시조집에 함께 실린 「산길을 걸으며(4)」 1, 3연과 비교해 보면 위치가 똑같다.

> 시오야 밝은 밤을/ 하염없이 걷습니다.// … // 나 또한/ 이 밤을 질러/ 정처 없이 갑니다.
>
> — 정해원, 「산길을 걸으며(5)」 1연, 3연

48 패러디는 "기본적으로 원전을 밝히고 그것을 풍자적·해학적으로 표현하는 점에서 표절과 구별한다."(출처: 《두산백과》) — 즉, 패러디와 표절은 '원전(원문)을 밝혔느냐, 밝히지 않았느냐.'에 따라 명확히 구별된다.

첫눈 온 산길 따라/ 하염없이 걷습니다// … // 창백한/ 하얀 낮달은/ 정처 없이 흐릅니다.

— 정해원, 「산길을 걸으며(4)」 1연, 3연

「산길을 걸으며(5)」와 「산길을 걸으며(4)」는 워드 작업할 때 한 편의 시조를 놓고 두 편의 시조로 개작했다는 추측을 가능케 한다. 또한, 「산길을 걸으며(4)」 1연 중장 앞의 구 "육각의 결정結晶들이/ 설화雪花로 폈습니다"에 주목해 보면, 이 시집에 함께 실려 있는 「빙점」의 2연 중장과 앞의 구는 동일하고, 뒤의 구는 시어를 교묘히 바꾸어 놓았지만, 시상은 같다.

육각의 결정結晶들이/ 설화雪花로 폈습니다

— 정해원, 「산길을 걸으며(4)」 1연 중장

육각의 결정結晶들이 보석처럼 반짝이면

— 정해원, 「빙점氷點」 2연 중장

이처럼 남의 시조의 표절 그림자뿐만 아니라, 광범위하게 자신의 시조를 짜깁기한 흔적이 곳곳에서 드러난다. 그가 짜깁기로 발표한 시조 「빙점」을 대표작으로 하여 2012년 가을에 '낙동강 문학상'을 수상하였다. 제아무리 흔하고 흔한 것이 문학상이라 하더라도 낯간

지러운 일이다.

(다) 자신의 시조를 짜깁기한 여러 흔적

평자가 《예술부산》 1월호에서 자기 표절에 대해 언급하면서, 대표적 예로 「입춘에」 1연 종장 "오늘은 현관 앞에다 춘방을 붙입니다."와 「아버지」 1연 종장 "오늘은 춘방春榜을 써서 현관 앞에 붙이신다."를 지적했다. 이 글에서는 「어느 봄날」 1연 중장 "입춘 날 아침에는 춘방春榜을 붙이시고"를 추가하여 지적한다. 또한, 「입춘에」와 「아버지」를 비교해 보면, 「입춘에」 2연 중장 "입춘대길立春大吉 만사형통萬事亨通 붙이는 손끝에는"와 「아버지」 3연 중장 "입춘대길立春大吉 건양다경建陽多慶 양쪽으로 붙이시고"도 '만사형통'과 '건양다경'이라는 말만 바꾸고 서로 짜깁기한 것임을 알 수 있다.

평자가 「어떤 봄날」 3연 종장 "내 가슴 한 언저리를 구비 돌아갑니다."와 「밤에 흐르는 강(2)」 2연 종장 "내 가슴 한 언저리에서 철썩이는 강물소리."도 최초 비평 때 이미 자기 표절임을 지적했다. 이 글에서 추가하여 「부나비로 죽고 싶다」 2연 종장 "세월의 언저리를 돌아 철썩이며 흘러간다."도 서로 짜깁기한 것임을 제시한다. 또한, 「밤에 흐르는 강(2)」 1연 초장 "강물은 흐느끼며 밤을 질러 흘러간다."와 「별빛 지는 밤에」 3연 종장 "세월은/ 덧없이 흘러/ 밤을 질러 가누나."도 서로 짜깁기한 것임을 제시한다.

그뿐만 아니라, 「입동에」 1연 초장 앞의 구 "개암나무 가지 끝에"

라는 시구가 「나무」 1연 종장에도 그대로 짜깁기 되어 있고, 「빙점」 1연 중장 앞의 구 "미루나무 가지 끝에"라는 시구가 「한 사내의 실루엣」 2연 초장 앞의 구에 그대로 다시 등장하고, 「생강」 3연 종장에 "미루나무 위로"도 등장한다. 이것은 서로 짜깁기한 흔적이다.

평자는 재반론 때 "그에게 필자는 왜 동일한 시상의 시조와 몇 자만을 바꿔치기한 시조에 대해서 언급을 회피하며 자인하기를 거부할까? 그가 '삼류 시인은 시상을 짜깁기하면서 시를 조립하듯이 쓴다.'라고 반론의 글에서 주장한 것에 대입해 보면, 몇 글자만을 바꿔치기한 자신이 삼류 시인 수준에도 못 미침을 잘 알고 있다는 증거는 아닐까?"라고 언급했다. 그가 이번 재재반론에서도 답을 피했다.

그러나 평자의 주장에 대해 그는 2012년 9월 2일 '현대시조 창작연구회' 카페에 자신의 심정을 토로했다. "자기 표절이라고 한 것들을 보고 나는 내심 게으름을 실감했다. 나는 작품을 발표하고 나서는 잊어버리는 버릇이 있다. 원고 청탁이 왔을 때 써둔 작품이 없을 경우에는 새로 작품을 쓰게 되는데 그때 나도 모르게 그런 구절이 가끔 들어간 것 같다. 설사 그랬어도 작품집을 묶어서 낼 때는 한번 일별해서 보고 바꿨어야 했는데 나태한 것 같다. 꼭 그런 구절이 아니라도 얼마든지 다르게 표현할 수 있었을 것이다."라며 자기 표절에 대해 반성을 하는 듯하다가, "강물을 많이 노래하다 보면 미루나무가 자주 등장하게 되고 개암나무가 있는 산에 올라가게 되면 개암나무를 자주 마주치게 된다. 그것을 피해서 일부러 미루나무나 개암나무를 보고 느낀 이미지나 시상을 수양버들이나 소나무로 바꾸면 더 이상한 것이 아닌가?"라며 변명의 길로 내달렸다. 이런 변명을 보면 그는 현대시조가 사실만을 추구한다고 믿는 얼치기 시인임이 분명하다.

그가 [다음] 블로그와 [네이버] 블로그에 게재해 놓은 시조만 보더라도 "나는 작품을 발표하고 나서는 잊어버리는 버릇이 있다."라는 말이 거짓임을 알 수 있다. 그가 발표한 글과 그 글의 발표 연도, 매체, 수상작까지 온전히 저장되어 있다. 원고 청탁이 들어오면 그 자료를 이용해 짜깁기했을 가능성이 농후하다.

(4) '논리적 오류투성이의 글들'에 대한 답변

거짓은 거짓을 낳는 법, 그는 거짓과 변명을 끊임없이 재생산해내야 하는 처지에 몰려 버렸다. 그뿐만 아니라, 평자가 손가락으로 달(작품)을 보라 했더니, 그는 달(작품)을 보지 않고, 평자의 손가락(글꼬리 잡기)만을 보았다. 그가 논리적 오류에 빠져 있다는 증거이다. 그럼에도 오히려 평자가 그런 양 거짓 주장을 하고 있다. 이러한 행위는 타인이 개입하여 대필한 흔적이기도 하다. 여기서 논점을 벗어나지 않기 위해 그가 사용한 용어 범위 안에서만 숫자로 구분하여 답변한다.

① 그는 평자를 향해 '허수아비 공격 오류'를 범하고 있다고 주장했다. "필자는 등단 30년이라고 어디에도 말한 바 없는데, … '놀랍

게도 등단 30년이 넘었다고 자인했음에도.'라고 흡사 필자가 한 말인 것처럼 오인하도록 하면서 허수아비 공격을 하고 있다."라고 오리발을 내밀었다.

과연 평자가 '허수아비 공격'을 했을까? 그는 이 시조집 129쪽 서두에서 "등단 30년이 넘었다. 습작부터 셈을 하면 사십 년의 세월을 보냈다."라고 스스로 밝혔다. 그의 재재반론이 거짓을 진실로 오인하도록 '허수아비 공격'을 감행한 것이다. 시조집에 인쇄된 글을 두고 자기가 한 말이 아니라 함은, 누군가가 시조집을 대필했음을 시인한 것 아닌가? 그게 아니라면 재재반론을 누군가가 대필했다는 말이 성립한다.

② 그는 '언어적 혼동 오류' 또는 '의미론적 오류'를 앞장세워 놓고 그 스스로 오류에 빠져 버렸다. 평자가 "작품을 읽지도 않고 평을 쓸 수만 있다면 하나님보다 더 영적으로 우위에 있는 신일 것이다."라고 비튼 말에 대해 그는 "이 말은 시인이 전달하고자 하는 것이 무엇이며 그 가치를 평가하여야 한다는 것이며, 글자가 망막에 비치는 물리적 현상을 말하는 것이 아니다."라며 아전인수 격으로 해석했다. 그는 비틀거나 꼬집는 말을 이해하지 못함을 스스로 인정하며 '의미론적 혼동'에 빠져 버렸다.

평자가 말한 그 대목이 가치 평가를 위해 읽었다는 의미가 왜 아니란 말인가? 비평가가 비평 대상의 글을 읽을 때 가치 평가를 우선시함은 기본 책무이다. 그가 다른 이론가를 앞장세워 앵무새처럼 내뱉었던 말이기도 하다. 우짤라꼬 그는 물리적 현상의 의미로 읽었을까? 재재반론을 누군가가 개입하여 대필하지 않았다면 이런 주장을 할 수가 없다. 대필이 아니라면 그의 문장 독해력도 얼치기이다.

③ 그는 '논점 일탈 오류'를 내세워 평자가 재반론 글에서 논점으로 들어가기에 앞서 서론 말미에 "… 최초 비평에 시조시인으로서 자질이 의심스러움을 비평하려고 했었지만, 인신공격이 될 수 있어 심사숙고한 끝에 순수하게 작품 비평으로 선회했었음을 이글에서 밝혀 둔다."라고 논점과 관련이 없음을 분명히 밝힌 글을 두고, 논점을 일탈했다고 주장했다. 그 자신이 '논점 일탈 오류'를 범한 것이다.

또한, 그는 "필자도 2~3배 정도 비싼 출판비로 서울에 있는 유명 출판사에서 고급 양장으로 작품집을 발간하였다면 이런 구설에 휘말리지 않았을 것은 인정한다. 그러나 그것은 작품의 질과 상관이 없다."라며 그 스스로 '논점 일탈의 오류'를 범했다. 그는 주요 논점에서 벗어나려고 넋두리에 불과한 말로 포장했다.

여기서 논점은 평자가 최초부터 줄곧 밝혔듯이 그의 시조가 질적으로 함량 미달이라는 것이다. 그의 시조는 시조의 핵심인 전환구에서 과도한 어휘 반복으로 언어의 폐쇄화, 자기 표절, 시적 자유와 무관한 한글맞춤법 오류 등은 물론, 타인의 시조를 표절하여 심각한 하자를 보이고 있다.

④ 그가 '원칙 혼돈 오류'를 범해 놓고 평자가 그런 양 거짓 주장

을 했다. 평자가 말한 "나이 어린 작가 지망생들도 '이름 모를 새'나 '꽃'이라는 상투 어구를 시에 넣지 않는다는 것쯤은 안다."라는 주장에 대해, 그는 "배우는 학생들에게는 원칙과 기본을 익히게 하여야 하나 모든 사람이 지켜야 한다고 주장한다는 것은 논리적으로 '원칙 혼돈 오류'이다."라며 주장을 펼쳤다. 아마추어 학생들도 잘 아는 상식을 등단 30년을 넘긴 시인이 모른다면 그에게 무슨 프로의 자격이 있단 말인가? 그가 아마추어라면 그 말에 수긍할 수도 있다. 그러나 프로가 할 말은 아니다. 그의 주장은 배우는 학생들에게 법과 질서 준수라는 원칙을 가르치더라도 어른들은 법과 질서를 준수하지 않아도 된다는 말과 다름없는 비도덕적인 주장이다.

⑤ 그가 반론과 재재반론에서 자신의 입맛에 맞는 이론가의 말을 장황하게 따와서 앵무새처럼 내뱉으며 '권위에 호소하는 오류'에 빠져 허우적거려 놓고, 마치 평자가 오류를 범한 것처럼 매도했다.

그가 반론에서 "대학총장까지 지낸 원로 평론가는 … 원고지 두 장 분량의 편지를 일부러 보내주었다. '현대시조의 격을 한 단계 더 높였다.'는 너무 과분한 평가에 오히려 송구하기도 했다."라고 '권위에 호소하는 오류'를 범했다. 이에 평자가 재반론에서 "그 평론가는 모든 분에게 덕담을 잘하는 인품이 훌륭하신 분이다. 평자도 그 분을 존경한다. … 필자가 그분의 이름을 내세워 글 수준을 포장하려고 한다면 그분에 대한 도리가 아닌 것 같다."라고 그분의 권위를 끌어들이지 말라는 뜻을 명확히 밝혔다. 그러함에도 그는 그 평론가의 덕담을 끌어들여 자신의 시조가 명작이나 되는 것처럼 자아도취에 빠진 주장을 했다.

⑥ 그는 "평론을 전문적 업으로 삼는 비평가의 글에서 고등학생들도 아는 논리적 오류투성이의 글들을 어떻게 해석해야 할까?"라며 인신공격을 했다. 등단 30년을 넘긴 시인이 왜 이러한 언동을 할까? 앞에서 언급한 바와 같이 표절 때문이다. 그는 남의 글을 베끼고, 자신의 글을 짜깁기한 것이 들통 날까 봐, 평자에 대해 온갖 인신공격을 감행했다. '모방시 짓기'는 중학교 교과과정이다. 그가 아직 모방시를 발표하고 있다는 것은 중학생 수준을 벗어나지 못함을 대변한다. 나아가 표절이 비윤리적이고 비도덕적 행위임을 모르는 걸까?

(5) '그의 띄어쓰기와 맞춤법 수준은?'에 대한 답변

이번 재재반론의 글에서 그는 논점과 무관한 평자의 글꼬리를 잡았다. 그가 논점과 무관한 '허수아비 공격'을 자행한 것이지만, 평자는 답을 하지 않을 수 없다.

그가 한글맞춤법에 대해 스스로 무지함을 또 한 번 인정한 꼴이 되어 버렸다. 부산대학교 인공지능연구실과 ㈜나라인포테크가 공동으로 개발한 '한국어 맞춤법/문법검사기'(이하 검사기)에서 제시한 문구가 오류인지 분간하지 못하고 그대로 베껴 앵무새처럼 내뱉는 것을 보면, 30년 넘게 가짜 시인 노릇을 한다고 힘들었던 것을 스스

로 폭로한 꼴이다. 남의 시와 시조, 이론을 베끼는 것도 모자라, 이제는 컴퓨터의 오류마저도 베끼고 있다. 그 베끼기 정신은 너무나 투철한 표절 정신이다. 그의 주장이 얼마나 터무니없는지 숫자로 구분하여 아래와 같이 제시한다.

① 그는 "'우째'는 사투리 오류로 '어찌'로 써야 한다."라고 '검사기'에서 제시한 문구가 오류임에도 그대로 베껴서 주장했다. '우째'는 《표준국어대사전》에 '어째'의 방언(강원, 경기, 경상)으로 등재되어 있다. 그가 말한 '어찌'의 사투리는 '우찌'로 등재되어 있다. 평자의 글 "무의식의 세계에서 시를 쓴다 하니 뿅을 한 대 맞지 않고서야 우째 그럴 수가 있단 말인가?"라는 전체 문맥을 보면, '우째'라는 사투리 두 자는 강조이다. 비틀거나 꼬집을 때 사투리를 끌어들이는 것은 문인이라면 누구나 사용하는 수법이다. 이러한 풍자와 해학을 읽지 못하는 그가 우째 시인이란 말인가?

② 그는 "'한 쪽에서'는 접미사 '-쪽'은 방향을 나타내는 말이므로 '한쪽에서'로 붙여 써야 한다."라며 '검사기'에서 제시한 문구를 그대로 베껴 제시했다. 평자의 글에서는 명사 '쪽'임에도, 그는 접미사 '-쪽'이라고 주장하는 오류를 범했다. 평자가 "출판사 발행인 한 분은 몇 년 전 산문집의 딱 한 쪽에서 4줄이 밀려난 것을 발견한 뒤"라고 하였다. 여기서 부사 '딱'을 사용한 것만 보더라도 '한'은 관형사이고, '쪽'은 책의 '면(페이지)'을 의미하는 것임을 알 수 있다. '한 쪽'이라고 띄어 씀이 틀렸다는 그의 주장 때문인지 자꾸 배꼽이 소리

를 낸다.

③ 그는 "'회자되고'는 '회자하고'로 써야 하며, 명사에 '하다'가 붙어서 자동사가 되는 말은 '되다'를 붙이지 않는 것이 좋다."라며 '검사기'에서 권장하는 문구를 그대로 베꼈다. 《표준국어대사전》에 '회자하다'와 '회자되다'가 동시에 등재되어 있다. 등재된 내용에 대입해 보면, 전체 문맥상 평자가 박남철 시인에 대해 표현한 "그러한 정신이 바탕이 되어 그의 시가 회자되고 해체시의 거목이 된 것이다."라는 문장에서 '회자되고'가 적확한 표현이다. 주체를 잘 살펴야 한다. 시가 회자되는 것이지 시가 회자할 수는 없다.

④ 그는 "'MBC ! 느낌표'는 'MBC! 느낌표'로 붙여 써야 한다. 종결어미 다음에 쓰거나 문장을 마치면서 쓰는 종결형 문장부호는 종결어미 다음에 바로 붙여서 써야 바르다."라며 검사기에서 제시한 문구를 그대로 베꼈다. 우야꼬, 'MBC'가 우째 종결어미란 말인가? 종결어미가 아닌 방송국 명칭인 고유명사이므로 띄우는 것이 맞다. 2002년도 MBC 프로그램 타이틀이 'MBC ! 느낌표'였다. 느낌표 선정도서에 인쇄된 문장부호 '!' 역시 하나의 독립된 심벌이었음을 모른다는 것은 그가 책을 멀리하고 있음을 증명한다.

⑤ 그는 "'들고나오든'은 합성어로 볼 수 없으므로 '들고 나오든'으로 띄어 써야 한다."라며 '검사기'에서 제시한 기계적 오류를 그대로 베꼈다. '들고나오다'는 국립국어원에서 표준어로 인정하고 있으며, 《표준국어대사전》에 '들고-나오다'라고 합성어로 등재되어 있다.

그는 사전도 찾아보지 않고 오로지 베끼기 표절 정신만을 앞세웠다.

⑥ 그는 "'이로 인해'는 '이 때문에'로 바꿔 쓰는 것이 좋다. … (한겨레신문 자체 자료에 따름)"이라며 이것 또한 '검사기'에서 제시한 장황한 문구를 그대로 베껴 마치 오류인 양 매도했다. 《표준국어대사전》에 우리말로 등재되어 있고, 국립국어원에서 우리말로 인정하고 있다. [한겨레] 신문의 자체 의견은 '외국식 표현이므로 너무 빈번하게 사용하지 말자'는 하나의 견해이다. 그가 하나의 견해를 전체의 견해로 매도하는 '원칙 혼돈의 오류'에 스스로 빠져 버렸다.

⑦ 그는 문장부호를 지적했다. 각 출판사와 언론사마다 독자들이 읽기에 편하도록 내부 방침을 정해 두는 것이 관례임을 진정 모르는 걸까? 평자의 원고는 《문장21》 편집 내부 규정에 따른 것이다. 그가 주장한 ( ), [ ]를 《문장21》에서는 괄호를 포함하여 그 안의 글을 축소 편집함으로써 독자가 명확히 구분하여 쉽게 읽을 수 있도록 배려한 것임을 책을 읽는 순간 알 수 있다.

위와 같은 억지 주장은 정규 교육을 제대로 받지 않은 사람이나, 무지함이 부끄러운 줄 모르는 사람만이 범할 수 있는 오류이다.

(6) '그는 지금도 긴장해 있다.'에 대한 답변

평자는 최초 비평에서 소제목에서부터 '긴장성을 상실한 낡은 표현'이라며 '긴장', 즉 텐션(tension)을 말했고, "이름 모를 새들(「배산에서」)이라는 상투적인 표현을 본 순간, 긴장성을 상실한 시조임을 알아

봤다. … 구체적인 의미의 언어로 개별자이든 보편자이든 새로운 이미지의 새를 창조해 내야 하는 것이 시인의 본령이다. 독자성을 띤 표현만이 의미의 긴장성을 자아내는 법이다."라며 언급했다. 그가 '긴장'이 아니라 주장함은 창작의 기초 용어조차 모른다는 증거가 명확하다.

평자가 재반론에서 "그는 시어의 '긴장(tension)'이라는 용어 자체를 모르는 것 같다. … 시어를 채택할 때 '시어의 긴장, 내용의 긴장, 의미의 긴장' 등 긴장미를 고려해야 함은 기초 이론이다. 기초적인 용어로 쉽게 설명했음에도 이를 이해하지 못한다는 것은 그가 이론적으로는 무장해제 상태임이 분명하다."라고 그의 주장이 터무니없는 억지임을 반박하기도 했다.

평자가 "상투적인 표현을 본 순간, 긴장성을 상실한 시조임을 알아봤다."라고 말한 대목을 떼어 놓고, 그는 "긴장(tonicity)해서 토로하는 말이라고 생각할 수밖에 없지 않은가? 그러나 지금 와서 … 긴장을 말했다고 항변한다."라고 왜곡된 주장을 풀어놓았다. 그는 문학 기초 용어조차 몰라 반론에서 '의미론적 오류'를 범해 놓고 왜 남 탓을 할까? 투사(projection)[49]라는 심리학 용어로 설명이 가능하다. 그가 지금 처한 함량 미달의 행위에 대한 심리적 압박감에서 벗어나기 위해 남 탓으로 돌리는 방어기제를 작동하고 있기 때문이다.

49 투사(projection): 자신의 어려움을 남 탓으로 돌림으로써 좋지 않은 감정에서 벗어나려는 방어기제.

"남 탓하는 놈 치고 잘되는 놈 없다."라는 속된 말이 왜 존재하는지 겹쳐 놓고 생각해 볼 수 있는 대목이기도 하다. 내 탓은 행복, 남 탓은 불행을 의미한다는 것도 모르는 걸까?

그가 재재반론에서 주장한 대로 이 용어를 알고 있었다면 이 또한 누군가가 반론과 재재반론의 글을 대필한 결과라는 말과 상통한다. 거짓에 거짓을 덧칠하다 보면 진퇴양난의 길로 접어들 수밖에 없는 것이 인생의 이치 아니던가?

(7) 마무리

평자는 그의 표절 그림자를 다룬 별도의 원고에서 "지금까지 읽어 낸 표절의 그림자만 해도 이 시조집은 작품집으로서 자격을 잃었다. 그가 이후에 어떠한 궤변과 평자에 대해 인신공격을 가해 오더라도 이미 등단 30년을 넘긴 시인의 수준이 아니므로 더 이상의 논박은 무의미하다 여겨진다."라고 말했다. 지금도 변함이 없다. 그가 논점 안에서 또 다른 의문을 던지면 얼마든지 답변해 줄 용의가 있다. 그러나 그는 지금까지 평자가 던진 '표절', '자기 표절', '한글맞춤법의 심각한 오류', '대필' 등의 의혹 제기에 대해 답변을 회피하고 있다.

모든 예술은 발표하는 순간, 작가의 것이 아니다. 아직도 그가 자신이 발표한 시조가 비평의 대상이 되기를 거부한다면 절필함이 마땅하다.

3) 최원철의 시 도작(盜作) 의혹[50]

평자가 2011년에 쓴 글을 두고 많은 이가 지금까지 회자하고 있어 때로는 난감할 때가 있다. 그래서 여러 번 망설이기도 했다. 그때 그 글이 아직 종결되지 않았기 때문이다. 그래서 종결을 짓기 위해 다시 펜을 든다.

계간 《예술문화비평》(2011, 가을호) 제2호와 《예술부산》 11월호(2011)에 '부산 시인의 신작시 읽기'라는 부제를 단 「좋은 시와 나쁜 시의 경계에서」라는 글을 발표한 적이 있다. 이들 책이 배포된 뒤, 부정적인 평가의 대상자인 최원철(이하 그)이 완전히 이성을 잃고 인신공격을 가해 오기 시작했다. 평자는 당시 부정적인 평가 대상자에 대한 최소한의 예의로 이름을 밝히지 않았지만, 그는 스스로 자신의 작품임을 많은 시인과 작가에게 공개하면서까지 평자를 인신공격했다. 이를 가까이서 접한 문인들은 뒤돌아서서 '쪼다'라고 비틀기도 했다.

그는 2012년 타 문예지를 통해 '맞짱'이라는 단어를 제목에 달아놓고 '맞짱 뜨자'고 직접적인 공격을 가해 오기도 했다. 하지만 껍데기만 시인, 함량 미달 시인, 비윤리적인 시인을 향해 응대할 가치가 없어 참아 왔다. 이제 종결을 지을 시점이다. 그동안 비평가의 직무를 망각하고 있었음을 깨달았기 때문이기도 하다.

50 이 글은 『오륙도문학』(2014)에 발표하였다. 편집자가 삭제하였던 부분을 삽입했음을 밝혀 둔다.

그가 얼마나 문단의 암적인 존재인지 자신은 모르는 것 같다. 자신도 시다운 시를 쓰지 못하는 함량 미달의 가짜 시인이면서 문학 지망생에게 시를 가르친다는 것은 온갖 짐승들이 배꼽을 뺄 일이다. 그에게 '문단 사기꾼'이라는 무서운 말을 가해도 무방할 것 같다. '사기'란 경제적 이익을 달성하기 위해 남을 기망하는 행위를 일컫는 말이다. 그렇다면 그는 경제적 이익을 취했을까? 시집 서평을 한답시고 수준 이하의 주례사식 글을 나열해 놓고 평비 또는 사례비를 받았을 터, 사기라는 말이 틀린 말은 아니다. 이처럼 그가 비윤리적이고 부도덕한 가짜 시인이며 함량 미달 시인임을 평자가 끝까지 밝혀야 할 책무를 상기하였다.

먼저 문제의 핵심인 「좋은 시와 나쁜 시의 경계에서」라는 비평문 중 그와 관련한 부분을 다시 읽어 본다.

> 올해(2011) 발간된 여러 시집과 문예지의 시를 꼼꼼히 읽었다. 특히 부산문인협회에서 발간하는 월간 《문학도시》의 시를 여러 번 정독하였다. … 좋은 시와 나쁜 시(미완의 시)라는 경계에서 1주일 넘게 서성거렸다. … 뭔가 부족한 느낌이 드는 미완의 시 두 편을 찬찬히 읽어 보고자 한다.
>
> 진종일 멍하니/ 휴대폰만 쳐다본다// 복잡하게 일그러진 맘/ 가눌 길 없어// 아무리 전화와도 안 받으려고 했건만/ 자꾸만 휴대폰에

머무는 시선// 마음 따로 행동 따로// 오히려 조소하듯/ 나를 보는 휴대폰// 아직도 내 마음에 살아있는/ 그대

—「마음 따로 행동 따로」 전문

황해도서 태어나고/ 서울에서 자라서/ 부산에서 교육받고/ 전라도로 이사해서 사는 실향민/ 진정한 고향은 어디가 될까// 지금은 모두가 실향민인데도/ 고향이 타향이고 타향이 고향인/ 현실의 운명/ 어디든지 정붙이고 사는 곳에서/ 노력하고 빛내면 고향일진대/ 어디가 진정 나의 고향일까?

—「고향」 3, 4연

이 두 편은 《문학도시》 4월호에 발표된 시이다. 시인은 몇 년 동안 용호동 메트로시티 쌈지도서관에서 '문예대학'이라는 명칭을 내걸고 '학장'이라는 직함으로 시 창작을 강의하고 있다.

어찌 된 것일까? 두 편 모두 억지로 행을 갈라놓은 산문체의 평면적인 설명문에 불과하다. 시 창작을 강의하는 시인의 시 수준이 이러하다면 참 어처구니없는 일이다. 이를 두고 '당달봉사가 길 안내하는 격'이라고 비틀어대는 것일 게다. 그의 가르침을 받아 등단한 시인의 작품 수준은 스승을 뛰어넘은 것일까?

「마음 따로 행동 따로」는 아쉬움이 남는 미완의 시이다. "복잡하게 일그러진 맘/ 가눌 길 없어"라는 2연과 "아무리 전화와도 안 받

으려고 했건만/ 자꾸만 휴대폰에 머무는 시선"이라는 3연을 차라리 삭제해 버렸다면 좀 더 나은 함축적인 시가 되었을 것이다. 아직 시에서 감추어야 할 것과 내세워야 할 것을 잘 모르는 것 같다. 3연의 "전화와도"를 "전화 와도"로, 마지막 연의 "살아있는"을 "살아 있는"으로 띄어쓰기를 하지 않은 이유가 단순 오류인지, 언어의 변형을 위함인지 궁금해지기도 한다.

「고향」의 3, 4연은 시가 아니고 설명문이다. 산문시라고 정의해 보려고 해도, 억지로 나누어 놓은 행갈이 외에는 시가 갖추어야 할 수사나 기법, 긴장감 등이 아예 없는 평범한 문장이라 그 또한 곤란하다. 현대인의 '고향'에 대한 개념을 설명하다가 마지막 행에서 "어디가 진정 나의 고향일까?"라는 의문 부호를 찍은 것만으로는 시의 자격을 획득하기 어려운 일이다. 2% 부족한 시가 아니라 2% 만족한 시라는 느낌을 지울 수가 없다.

좋은 시와 나쁜 시라는 이분법적 선을 긋는 행위가 어디까지나 평자의 주관적 판단이라 할지라도, 그것은 다분히 진실을 밝히려는 문학적 윤리가 정상 작동했다고 믿어야 한다. 시에서 진실이라는 놈은 미학적 요소와 문학적 요소의 지배를 받는다. 이 같은 진실을 찾아내는 작업은 평자만이 가진 특권이 아니다. 창작자와 독자의 몫이기도 하다. 윤리가 통제 불능의 오작동을 하지 않는 한, 객관성을 완전히 상실할 수는 없는 일이다. 그렇다면 이분법적 경계에서 약간의 치우침이 발생했다 하더라도, 그 판단의 결과는 다분히 일리가 있다고 긍정할 수밖에 없는 노릇이다.

부정적 평을 받은 시인의 처지에서 두 편의 시에 한정된 평이 부당하다고 항변할 수도 있을 것 같다. 기회가 있다면 긍정적 평가를 할 수 있는 그의 시가 있는지 읽어 보고 싶다.

이처럼 「좋은 시와 나쁜 시의 경계에서」라는 비평문의 주요 골자를 읽어 보았다. 그 이유는 이 중의 한 편의 시가 문하생의 시를 표절한 시임을 밝히기 위함이다. 더 무섭게 말하면 표절을 뛰어넘은 도용한 시, 나아가 도작한 시이다.

결론부터 말하면, 그는 문하생의 시를 도작하여 발표했다. 이를 명확히 밝히기 위해 아래 인용 시의 출처 행간에 원저작자의 이름도 밝힌다. 굵은 글씨에 초점을 맞추어 읽어 보면 도작임을 누구나 알 수 있다.

황해도서 태어나고
서울에서 자라서
부산에서 교육받고
전라도로 이사해서 사는 실향민
진정한 고향은 어디가 될까

지금은 모두가 실향민인데도
고향이 타향이고 타향이 고향인

현실의 운명
어디든지 정붙이고 사는 곳에서
노력하고 빛내면 고향일진대
어디가 진정 나의 고향일까?

— 최원철, 「고향」 3, 4연

고향이 어딘가 물어 오면은
가슴이 답답하고
머리가 헷갈린다.

황해도에 태어나 실향민 된 부모님
서울에서 태어난 나
생활은 부산에서…

타향이 고향이고
고향이 타향인 나의 운명은
가는 곳이 고향이라 말할 수 있죠

어려움과 고난을 헤치며
살아온 나날들
이렇게 정들면 고향이 아니런가.

— 김혜영, 「정들면 내 고향」 전문

이처럼 그가 도작한 시 「고향」의 1, 2연을 언급하지 않더라도 단번에 표절 혹은 도용, 도작의 혐의가 있음을 알 수 있다. 그는 도작 시 「고향」을 《문학도시》 4월호(2011)에 발표했고, 원저작자는 시 「정들면 내 고향」을 시집 『바람의 언덕』(2011) 46쪽에 수록하였다. 누가 먼저 발표했을까? 발표를 기준으로 하면 도작 시 「고향」이 원작 시 「정들면 내 고향」을 6개월 앞선다. 그는 원작보다 먼저 발표한 행위 자체가 비윤리적인 도작 행위의 확고부동한 증거가 될 줄은 몰랐을 것이다. 그가 자신이 먼저 발표한 시에 도작 누명을 씌운 것이라고 항변할 수도 있을 것이다. 이것은 원저작자에게 표절 누명을 덮어씌우는 꼴이 되고 만다. 만일 그렇게 주장한다면 원저작자가 저작권 소송을 통해 손해배상을 청구할 수도 있는 문제이므로 거짓 주장을 하기에는 역부족일 것이다. 항변하면 할수록 딜레마의 수렁에 깊이 빠져 허우적거리고 말 것이다.

평자는 최초부터 그의 함량 미달의 시를 접하고, 그가 문하생의 습작 시를 첨삭 지도한 뒤 몰래(승인 없이) 자기 것으로 취하여 발표했을 것이라는 의문을 지워 버릴 수 없었다. 아니나 다를까, 평자의 추측이 어긋나지 않았다. 이 세상에 진리는 셀 수 없이 많고 변하지만, 진실은 언제나 선(善)으로 귀결함을 실감했다. 또한, 그가 원저작자의 시집 『바람의 언덕』의 서평을 쓰면서 자신이 도작한 시에 대해서는 언급하지 않고 피해 갔다. 그것은 도작 행위에 대한 심리적인 부담을 회피하기 위함이라고 추측해 본다.

여기서 덧붙여 말하자면, 원저작자는 원작 시에서 자신의 체험적인 이야기를 독백적으로 진술하고 있기에 시적 가치에 대해 잣대를 들이대기에는 한계가 있어 보인다. 그 반면, 도작 시는 짜임새가 원작보다 허술하고 더 산문체인 설명문이라 시적 가치가 없다. 평자가 최초에 들이댄 잣대가 한 치의 오차도 없었음을 증명하기도 한다.

그가 타 문예지를 통해 평자의 예리한 지적에 시적 취향과 가치를 운운하며 항변과 궤변을 늘어놓은 이유가 뭘까? 그에게 일말의 양심이 있었다면 침묵했을 것이다. 도둑놈, 사기꾼치고 자신이 도둑놈, 사기꾼이라고 시인하는 자는 없다. 같은 이치이다.

몇 년 전 '일그러진 창작, 표절에 던지는 돌'이라는 글을 발표한 적이 있다. "이 세상 모든 사람이 작가나 시인이면 얼마나 아름다울까? 하지만 그것은 어디까지나 꿈에 불과하다. 표절 행위야말로 문학이 아름다운 세상을 열어 나가는 것에 발목을 잡는 부도덕한 행위임에 틀림없어 보인다. '인류 보편적 윤리'라는 잣대로 이 땅에서 발을 붙이지 못하게 돌을 던져야 한다. 문단에서도 '표절 심의 기구'를 설치·가동하여 표절 의혹을 투명하게 밝혀 문학 작품의 질적 향상을 꾀할 때가 되었음을 강조해 본다."라고 했었다. 이 주장은 아직도 변함이 없다.

이제 그가 어떠한 궤변을 늘어놓을지 궁금해진다. 그의 항변과 궤변에 언제든지 답할 준비가 되어 있음을 밝혀 둔다. 그리고 부산문인협회를 비롯하여 그가 속한 문학 단체에서는 비윤리적이고 부도덕한 행위인 도작을 감행한 회원에 대해 그에 합당한 징계 처분을 가하는 것이 마땅하다고 여겨진다. 문인들이여, 문하생의 시를 도용한 자에게 시인이라 부르지 말자.

신기용
문학평론집

에필로그

일그러진 창작, 표절에 던지는 돌*

* 이 글은 《예술문화비평》(2012, 겨울호)에 실린 글을 일부 수정했음을 밝힌다.

표절 행위를 향해 누가 돌을 던져야 하나? 결론부터 말하면 우리 모두 던져야 한다. 비평가는 비평적 관점에서 무가치의 돌을, 독자는 문학을 사랑하는 관점에서 씁쓸함의 돌을, 작가나 시인은 창작자의 윤리적 관점에서 성찰의 돌을, 문학 담당 기자는 불편한 진실을 들추어내는 사실의 돌을 던져야 한다.

표절 시비가 발생하면 당사자를 제외한 대부분 문인은 관조하는 자세를 취한다. 문단이 권위 있는 문인을 내세워 혼성모방 혹은 패러디인지, 차용 혹은 모방인지, 아니면 표절이 명확한지 결론을 내야 함에도 침묵하는 것을 미덕으로 여긴다. 문학의 궁극적인 목적이 인간 구원에 있기 때문일 것이다. 오로지 문학은 아름다움을 추구하는 존재로 남아야 한다는 생각 때문에 시시비비를 가릴 필요성을 유보하거나 외면하는 것일 수도 있다.

또 하나의 이유는 문단 내에서 표절 여부를 가릴 수 있는 '표절 심의 기구'가 그 어디에도 존재하지 않는다는 것이다. 어디까지나 표절자의 개인적 문제로 여겨 한국저작권위원회의 분쟁조정이나 법정에서 결론을 내든 말든 방관자적 태도를 취한다. 표절을 가릴 수 있는 인적 자원은 풍부함에도 표절 의혹에 민감한 반응보다는 관조하는 태도가 가장 잘 어울린다고 암묵적 합의점을 이루고 있는 듯하다. 표절 작가나 시인이 속한 문학 단체는 회원의 명예 실추를 곧 단체의 명예 실추로 여긴다. 그래서 각 문학 단체는 정관에 명시한 회원에 대한 징계권을 포기하고, 오히려 표현의 자유와 포스트모더니즘 창작 기법을 내세워 적극 옹호하기도 한다. 종교 단체가 교리 해석의 오류와 신성 모독 등을 징벌하는 차원에서 시행하는 종교재판의 신성함과 치열함을 눈여겨볼 필요성이 있다.

표절이 도덕적으로 손가락질을 받아야 마땅한 행위임에도 문단이 침묵하는 데는 시비 대상의 작품에 무섭고 불편한 진실이 도사리고 있음을 간접적으로 인정한다는 증표이기도 하다. 즉, '말 없는 긍정'이다. "표절이 아니다."라고 부정의 선을 긋는 것보다 침묵을 통한 긍정이야말로 표절을 인정하는 효과가 더 크다는 것을 너무나 잘 알기 때문이다. 이 같은 문단 풍토 때문에 일부 비평가와 기자만이 나서서 표절 시비에 대한 견해를 밝힌다. 때로는 유연하게, 때로는 매섭게 칼날을 세우고 비평을 가하기도 한다.

요즘에는 다양한 지식을 손쉽게 편집하고 재구성할 수 있는 정보통신기기를 어린아이도 소지하고 다닌다. 정보통신망에 떠돌아다니는 무수히 많은 자료를 이용하여 편집만 잘해도 기성 작가나 시인을 능가하는 시대가 되어 버렸다. 작가나 시인이라는 직함을 가진 사람보다도 무명의 사람이 더 좋은 글을 생산해 내기도 한다. 그들이 처음에는 의도하지 않았지만, 자의든 타의든 결국에는 출판시장에서 대중적 인기를 누리기도 한다. 이렇게 인기를 얻은 글은 영상 예술이나 무대 예술로 재구성하여 재현하기도 한다. 이들은 차용, 모방, 혼성모방, 콜라주, 몽타주, 패러디, 상호텍스트성, 오마주 등의 용어를 광범위하게 사용한다. 나아가 포스트모더니즘을 옹호하거나 추종하는 기성 작가마저도 타인의 작품을 따와서 조합하기도 한다. 이를 재구성하거나 재현하는 편집을 통해 새로운 작품으로 재생산해 내기도 한다. 때로는 출처를 밝히지 않아 표절 시비에 휘말리기도 한다. 그것은 차용을 너무나 손쉽게 생각했거나 작가로서 역할과 책무에 대해 신중하게 고려하지 않았기 때문이다.

작가나 시인이 뼈를 깎는 아픔을 견디며 새로운 작품을 구상하고, 새로운 작품을 창조해 내는 시대는 끝났을까? 창작자는 이제 창조자가 아닌, 홍수 같은 정보를 이용하여 편집하는 기능 보유자가 되어 버렸다. 즉, 편집자로서의 작가와 시인이 많아졌다. 그들은 법적으로나 도덕적으로나 하자가 없다면 하나의 기법으로 인정받을 수 있음에도, 때로는 이런 절차를 무시한 차용, 모방, 혼성모방, 상호텍스트성, 패러디 등의 용어를 왜곡하는 달콤한 유혹을 떨치지 못하기도 한다.

인용 출처를 밝히지 않았거나, 사전에 양해를 구하지 않았거나, 법적·윤리적 절차를 무시했다면 이러한 문예사조의 용어는 성립할 수 없다. 그러함에도 표절 시비가 일면 이런 용어를 앞장세워 방어전에 들어가는 작가나 시인이 존재한다. 그것은 자신에게만 통하는 위안일 뿐, 근본적인 문제 해결에는 도움이 되지 못한다. 오히려

강한 부정은 긍정이기에 자신이 표절 행위를 자행했음을 긍정하는 꼴이 되고 만다.

솔직담백하게 불찰을 인정한 작가도 있다. 소설가 신경숙의 경우, 1999년 중편소설 「딸기밭」이 표절 시비에 휩싸이자 [한겨레] 신문을 통해 "유족에게 누를 끼치면 어쩌나 하는 마음이 앞서서 굳이 해당 부분의 출처를 밝히지 않았다. 최근 다시 생각해 보고 주위 사람들의 의견을 들어보니 그것은 내 불찰이었다. 전화를 통해 늦게나마 양해를 해 주신 유족들에게 이 지면을 통해 다시 한 번 사의를 표한다."라며 절차에 하자가 있었음을 인정하는 성숙한 모습을 보였다.

소설가 황석영의 경우, 2010년 장편소설 『강남몽』이 표절 시비에 휘말리자 [경향신문]을 통해 표절에 대해서는 "더 신중한 논의가 필요하다."라며 조심스러운 반응을 보였다. 그러면서도 "소설 내용에 주를 달거나 전거를 밝힐 수 없었다고 해도 출처를 밝히지 못한 것은 저의 불찰"이라며 절차에 하자가 있었음을 통 큰 모습으로 솔직하게 인정했다. 문단의 큰 인물다운 행동이었다. 신경숙과 황석영의 솔직함이 문제 해결에 결정적인 역할을 한 것이다.

이제 세상은 디지털이 낳은 빠른 변화의 물결을 거부하거나 단절할 수 없게 되었다. 이 때문에 1990년대 신경숙의 단편소설 「딸기밭」을 비롯한 여러 건의 표절 시비가 후끈 달아올랐고, 2000년대에는 신춘문에 당선작마저도 당선 취소를 당할 정도로 표절이 대담해

지고 광범위하게 진행되고 있다. 지금까지의 표절 시비보다도 앞으로 더 많은 표절 시비가 난무하리라 예측도 해 본다. 문단이 더는 침묵할 수 없는 시대가 다가온 것이다. 앞으로 표절 시비가 발생하면 문단이 스스로 자정 능력이 있음을 보여 주어야 한다. 만일 외면하거나 방관 또는 묵인한다면 문학 작품이 독자들로부터 외면당할 수도 있음을 인식해야 한다.

1992년 《작가세계》 문학상 수상작인 이인화의 장편소설 『내가 누구인지 말할 수 있는 자는 누구인가』에 조합된 '혼성모방' 기법이 표절인가 아닌가 하는 문제를 놓고 학계와 문단이 갈팡질팡한 적이 있다. 인용 출처를 밝히지 않은 '혼성모방'은 '도작 행위'임을 저작권심의조정위원회 출판분과위원이었던 한승헌 변호사가 《책과 인생》 7월호(1992)에 발표한 뒤 조용해졌다. 앞으로 짜깁기 편집이 가능한 디지털 문화 때문에 표절 시비가 끊임없이 꼬리를 물고 등장할 것이다. 정보통신기기의 발전으로 말미암아 부도덕한 창작자는 표절의 달짝지근한 맛에 빠져들 수밖에 없을 것이다. 우리 모두 디지털 문화 구조 속에서 살고 있기 때문이다.

문단에서는 표절에 관한 한 '말 없는 긍정의 시대'를 마감해야 함을 감히 고한다. 때늦은 감이 있지만, 문단에서도 표절 여부를 검증할 수 있는 '표절 심의 기구'를 설치·가동해야 할 시기가 되었다. 이미 학계에서는 여러 계층에서 중첩하여 가동하고 있음을 상기할 필요가 있다.

표절 행위를 찾아내는 일은 비평가만의 몫이 아니다. 독자는 물론 작가나 시인, 그리고 문학 담당 기자의 몫이기도 하다. 비도덕적인 표절을 일삼는 창작자의 불편한 진실을 들추어내어 더는 그런 행위를 하지 못하도록 쐐기를 박아야 한다. 물론 단순 오류 때문에 표절 혐의를 받으면 심의를 통해 혐의를 벗으면 될 일이다. 이럴 때는 예비 심의에서 명확하게 결론이 난다. 본 심의까지 가지 않아도 될 문제이다.

이 세상 모든 사람이 작가나 시인이면 얼마나 아름다울까? 하지만 그것은 어디까지나 꿈에 불과하다. 표절 행위야말로 문학이 아름다운 세상을 열어 나가는 것에 발목을 잡는 부도덕한 행위임이 틀림없어 보인다. '인류 보편적 윤리'라는 잣대로 이 땅에서 발을 붙이지 못하게 돌을 던져야 한다.

문단에서도 '표절 심의 기구'를 설치·가동하여 표절 의혹을 투명하게 밝혀 문학 작품의 질적 향상을 꾀할 때가 되었음을 재차 강조해 본다.

신기용
문학평론집

출처의 윤리